Gedichte von Nietzsche

尼采诗选

[德] 弗里德里希·尼采 著

钱春绮 译

东方出版中心

图书在版编目（CIP）数据

尼采诗选 / (德) 弗里德里希·尼采著；钱春绮译
. —上海：东方出版中心，2021. 1（2023. 3 重印）
ISBN 978-7-5473-1757-0

Ⅰ. ①尼… Ⅱ. ①弗… ②钱… Ⅲ. ①诗集—德国—近代 Ⅳ. ①I516. 24

中国版本图书馆 CIP 数据核字（2020）第 261966 号

尼采诗选

著　　者　[德] 弗里德里希·尼采
译　　者　钱春绮
责任编辑　陈哲泓
装帧设计　陈绿竞

出版发行　东方出版中心
地　　址　上海市仙霞路 345 号
邮政编码　200336
电　　话　021-62417400
印 刷 者　上海万卷印刷股份有限公司

开　　本　890mm×1240mm　1/32
印　　张　9. 5
字　　数　96 千字
版　　次　2021 年 3 月第 1 版
印　　次　2023 年 3 月第 2 次印刷
定　　价　40. 00 元

目录

1869 年至 1888 年箴言诗

“玩笑、阴谋和报复”

自由鸟公子之歌

狄俄尼索斯酒神颂歌

狄俄尼索斯酒神颂歌外篇

译者前言

德国人常自诩为“诗人和思想家（哲学家）的国民”（das Volk der Dichter und Denker）。德国出过很多思想家，也出过很多诗人，而集思想家和诗人于一身的，则前有歌德、席勒和海涅，后有尼采。

弗里德里希·尼采，这位19世纪下半叶的德国怪哲，不仅在德国国内，而且在世界上都产生过广泛的影响，他不仅在哲学领域带来极大的震撼和冲击，而且在文学领域影响过许多著名的大作家。在德国，从自然主义走向印象主义的诗人戴默尔曾受过尼采象征的表现手法的洗礼，而在他所受尼采影响的种种方面之中，最引人注目的乃是对强力的生命、强力的生活的礼赞。象征主义诗人格奥尔格在他的诗集《第七圈》中写过《尼采》的颂歌。黑塞把尼采的著作列为他的爱读之书，并且写过一部《查拉图斯特拉的复返》。托马斯·曼曾说他的长篇小说《浮士德博士》中的主人公莱弗金的思想、气质、经历和他变成痴呆等细节，是取材于尼采的实事，他还写过一篇论述尼采哲学的评论。在奥地利，里尔克的《杜伊诺哀歌》，据海德格尔和瓜尔迪尼研究，是从尼采哲学中获得思想基础。在法国，纪德特别推崇尼采热烈向往人生的学说，他的小说《人间的粮食》，很明显是从尼采著作中获得灵感的。在英国，萧伯纳也接受过尼采的影响。在爱尔兰，叶芝的某些观念非常接近尼采。在丹麦，文艺评论家布兰代斯跟尼采保持通信关系，于1888年在哥本哈根大学讲《德国哲学家尼采》。在瑞典，斯特林堡的独幕剧《朱丽小姐》，从中可以看出尼采的影响。在美国，奥尼尔把尼采的《查拉图斯特拉如是说》当做《圣经》一样背诵。在日本，曾受尼采影响的作家有森鸥外、芥川龙之介、荻原朔太郎、太宰治等。

在我国，自梁启超在1902年的《新民丛报》一篇文章里介绍尼采（他译成尼至埃），至今已有整整一百年了。其后，王国维在1904年发表了《叔本华与尼采》。在“五四”前后，由于尼采彻底否定一切旧传统、重新估定一切价值的思想跟我国反帝反封建的历史要求相吻合，所以，尼采也曾产生过积极的影响。在若干介绍者和鼓吹者当中可以举出陈独秀、蔡元培、傅斯年、田汉等人的名字，尤其是鲁迅、茅盾、郭沫若，都曾分别译介过尼采的部分著作。

然而，尼采的学说经常受到误解和歪曲，即使是他的胞妹伊丽莎白·弗尔斯特，也对他的著作进行篡改和伪造。德国的哲学家阿尔弗雷德·鲍姆勒尔等人竟把尼采学说歪曲为法西斯理论的支柱。德国纳粹分子更厚颜无耻地把尼采的思想肆意曲解，奉为圭臬。希特勒也曾亲自拜谒尼采故居和尼采之墓，并在墨索里尼生日时把《尼采全集》送去作为寿礼。于是乎，尼采就被划成法西斯主义的思想先驱，极端反动的哲学家。在解放后的最初三十年中，也就是在高呼一边倒和唯老大哥的“马”首是瞻的年代，尼采的译介工作成了禁区。我在 1959 年给出版社翻译的《德国诗选》中就不敢收录尼采的诗。1961 年上海人民出版社出过一本斯·费·奥杜也夫的《尼采学说的反动本质》，就足以说明那禁锢年代的一切。

尼采的著作在上世纪 30 年代译成汉语的有梵澄译的《苏鲁支语录》（上海生活版，1935）、《快乐的知识》（商务版，1939）、《朝霞》（商务版，1935）；高寒（楚图南）译的《查拉斯图拉如是说》（文通版，1947）、《看哪这人》

(文通版，1947)；雷白韦译的《查拉图斯特拉如是说》(中华版，1940)等。到了解放以后，由于尼采被定为反动哲学家，所以，有关尼采的研究和译介工作全部停顿。直到上世纪80年代，随着改革开放的春风，人们才从一场噩梦中醒来。焚书斗儒过去了，竹帛烟消了，陷于文化饥渴中的我国人民开始贪吃那些曾被一度斥为“封资修”的文化大餐。于是，尼采也在中国复活了，尼采热又出现了，一本一本的尼采著作如雨后春笋似的出现了。从最初出版的那些尼采书刊的发行量，如中国和平出版社出的《快乐的科学》，初版印数为五万册，湖南人民出版社出的《悲剧的诞生》，初版印数为十一万册，就可以看出那时我国知识分子的胃口了。不过，这些只是书商们趁着国内研究和翻译人员还没有来得及披挂上阵，抢先从境外拿来应急，供读者疗饥解渴的快餐，免不了让人有鱼龙混杂、泥沙俱下之感。而出版一批比较可靠的有关尼采作品的译本和研究著作，则是1986年以后的事了。

现在言归正传，要谈一谈尼采的诗了。

尼采不仅是一位哲学家，也是一位诗人。他不仅通过他的哲学思想，也通过他的诗作本身直接影响当时和后来的诗人，使他成为新的诗歌的开拓者之一。不过，他在生前，并未出过诗歌专集，他的诗大多夹在各种散文著作之中，有时作为书前或书后的附录。例如《玩笑、阴谋和报复》组诗63首就作为《快乐的科学》的序曲置于书前，又把《自由鸟公子之歌》组诗十余首置于同书之后作为附录。

尼采从小就爱写诗，10岁这一年就写了五十多首诗。14岁时，他写了一篇自传，把自己所写的诗歌分为三个阶段。他说他早年的诗，多描写令人恐惧的海上冒险、带火的雷电，当时没有范本可资学习，所以有的写得很不成功。

尼采在青少年时期所作的一些定型诗，主题多为死亡、别离、无家可归、漂泊、孤独。这当然跟他的生活体验有关。他5岁丧父，6岁时失去弟弟，11岁时失去姑姑奥古斯塔，12岁时又失去祖母，六七年中接连丧失了四个亲人，对他幼小的心灵当然是个不小的打击。同时由于父亲之死，需把住房交出，他不得不离开出生地，搬到瑙姆堡，又因进入普福尔塔学院过着寄宿生生活，学校管理非常严格，所以就深感漂泊和孤独之苦了。尼采的青少年诗中也关心过法国革命，写过《在狱中》（描写吉伦特派成员）、《圣茹斯特》，但并不是对革命的同情，实际上仍不过是对死亡题材的处理罢了，如《贝多芬之死》《莎士比亚》两首较长的诗，仍然是悼念死者。

尼采的早期诗歌，毕竟是成熟期以前的习作，除了传记作者感兴趣，并无多大价值。值得一提的是在他 20 岁时写的一首《献给未识之神》，标志着他从青少年期走向成熟期。这位未识之神，可以说，就是他以后将要终身侍奉的酒神狄俄尼索斯。

尼采在童年时就在他的小朋友平德尔的父亲那里接触到歌德的作品，但他后来却非常喜爱和尊敬当时几乎尚不被人理解的荷尔德林。他在 17 岁时就写信向友人推荐他喜爱的这位诗人，盛赞荷尔德林的诗朴素自然，流露出最纯洁、最温柔的情感，并且蕴藏着丰富的思想，把读者带到最高的理想境界。这一点说明了尼采很早就有高尚的文学爱好和卓越的鉴赏力，他比其他德国人发现荷尔德林要早五十多年，还特别表明尼采同荷尔德林在各方面具有十分类似的共识。当然，在处境方面，两人也有类似点：都是很早就丧父，生活不安定，到处漂泊，都没有结婚，都有孤独感，而且都在长期精神错乱中走完人生旅程。

尼采竭力赞赏的另一位德国诗人是海涅。他说过："有关抒情诗人的最高概念，是亨利希·海涅赐给我的。我在数千年来的各个国家里寻找一种同样悦耳和热情的音乐，却徒劳无功。"尼采在这里提到音乐，确实，尼采非常具有音乐的才能，他留有为他自己所作之诗和浪漫派诗人的作品作曲的乐谱。古斯塔夫·马勒对他的评价是：“尼采的作曲家的才能比一般所想像的更为伟大。”托马斯·曼的小说《浮士德博士》的主人公莱弗金是现代的音乐家，作者选择尼采做该书主人公的模特儿，也是颇有道理的。有人说，“音乐的精灵是尼采的魔神和宿命”，音乐伴随着尼采的一生，直到他走进精神的黑暗和死亡。音乐也渗透进尼采的诗中，当人们读到他的《夜歌》《威尼斯》等诗时，不是像坠入音乐的云雾之中么？

尼采的诗，可分为两类，第一类是“歌”，德文中叫 Lied，这个词在音乐上叫“歌曲”，在文学上则叫歌或抒情诗歌。歌德的第一部诗集，即取名为 *Lieder*（诗歌集），海涅的第一部诗集 *Buch der Lieder* 也称为歌（诗歌集）。这个词，说起来当然不是如此简单，但在此从略了。

第二类是箴言，德文叫 Spruch，也叫 Aphorismus，汉译又称格言诗、警句诗，亦称哲理诗。德国诗人有写这种短小的哲理诗传，特别是歌德，写了大量的这种诗体，如《格言诗》《克塞尼恩》等。尼采不仅写箴言体的小诗，也写箴言体的散文，如《查拉图斯特拉如是说》《快乐的科学》《善恶的彼岸》等。《旧约》中有一卷《箴言》，它含有数种不同的格式，有成语、谚语、金言、比喻、寓言、格言、谜语等，还有较长的论及智慧本质的散文和诗句，它属于以色列人民古代的智慧文学。《旧约》中的《箴言》又跟《传道书》《雅歌》《所罗门智训》《便西拉智训》合称为《智慧书》五经。德文“哲学”称 philosophie，这个词的希腊文原意为“爱好智慧”（希腊文 philo 意为爱好，sophia 意为智慧）。明乎此，则对于尼采用箴言体写成的散文，就不会囿于“短小诗句”的狭隘范围了。

尼采的箴言诗颇多自我批判、自我嘲笑之处，又爱用戏拟（Parodie）、反讽（Ironie）、比喻、寓言、象征等手法，还爱做文字游戏。至于他的抒情诗歌，大多具有尼采自己的独特风格：非比寻常的哲理性，火焰般的激情，悦耳的音乐性，特别是《狄俄尼索斯酒神颂歌》，乃是尼采诗歌中的绝唱，那些气势磅礴的自由体诗，令人想到歌德在狂飙突进时代所写的自由体诗和颂歌以及海涅收入《诗歌集》中的那些热烈奔放的自由体诗《北海》组诗。这里，限于篇幅，就不多啰唆了。

2002 年“九一八”事变七十一周年纪念日

译者识于上海

少 年 诗 作 [1]

1　作于 14 岁至 24 岁。

人　生[1]

人生乃是一面镜子。
在镜子里认识自己，
我要称之为头等大事，
也只是我们追求的目的!!

▷ 1858

1　尼采在 14 岁时曾写过一篇自传性回忆录，批判他自己 11 岁以后所写的诗，在文章的末尾以本诗作为结束语。

我站在赤裸的悬崖上面

我站在赤裸的悬崖上面，
夜幕裹住我的身体，
我从这光秃的高处俯瞰
一片欣欣向荣的土地。
我看到一只老鹰在翱翔，
鼓起青春泼辣的勇气，
奋力追求金色的光芒，
一直升到永恒的红霞里。

回　乡

当初我告别之时，
那一天非常苦痛；
如今我再回来时，
更使我忧心忡忡。
整个旅行的希望，
突然间归于消逝！
哦，这不幸的时刻！
哦，这不祥的日子！

我哭了很久很久
在我父亲[1]的坟上，
许多凄苦的眼泪
流下来滴到墓上。

1　尼采的父亲卡尔·路德维希是勒肯的乡村牧师。1848 年 8 月，由于一次跌伤，引发脑病，过了 11 个月即逝世，当时尼采仅 5 岁。

在父亲大人家里
我觉得寂寞伤恸，
因此我常常出去，
走往阴暗的林中——

在它的树阴下面，
我忘记一切苦痛，
安宁来到我心里，
在静悄悄的梦中。
少年花季的欢乐、
蔷薇、云雀的歌唱，
全都在橡树阴下
出现于我的睡乡。

▷ 1859

你们空中的小鸟

你们空中的小鸟，
请唱着歌儿飞翔，
去问候我那尊敬的、
我那可爱的故乡。

你们云雀，请带去
这些娇嫩的鲜花！
我要拿它去装饰
父亲大人的老家。

你这只夜莺，请你
飞降到我的身旁，
带去这蔷薇花朵，
放在我父亲的墓上！

▷ 1858

年轻的渔家女[1]

早晨我悄悄梦想，
对着白云注望，
那清新的白昼
在树梢轻轻晃荡。
雾气弥漫，
那边升起了太阳——
唉，谁也不知道
我是这样忧伤。

大海没有休止，
涌来清凉的巨浪。
我感到一阵战栗，
轻轻把眼睛闭上。
迷雾蒙蒙，

1　作于 1862 年。1865 年 7 月 11 日尼采自己曾将本诗谱成乐曲。

那边升起了太阳——
唉，谁也不了解
我为何这样忧伤。

候鸟飞过了太空，
婉转悦耳地歌唱，
我真想随心以欲，
逃往憧憬的地方。
迷雾飘动，
那边升起了太阳——
唉，谁也想不到
我为何这样忧伤。

我遥望远方悲泣，
看不见征帆回航。
如此孤独而忧戚，
痛断了我的肝肠。
迷雾飘散，
那边升起了太阳——
只有他才会知道
我为何这样忧伤。

萨勒克[1]

极乐的黄昏的宁静，
翻山越谷地漂荡。
温柔微笑的夕阳
射下最后的光芒。

四山掩映着红霞，
闪烁着壮丽的光辉。
骑士们该走出坟墓，
重振古老的声威。

听啊！从城堡里传来
大说大笑的欢声。
四周的森林也都在

---

1 萨勒克距尼采居住的瑙姆堡和尼采就读的普福尔塔学院都很近。在贝壳石灰岩层的荒凉的山丘上有中世的城堡废墟。尼采童年时常跟友伴去那里做战争游戏。

倾听欢乐的回声。

其间有许多唱打猎、
战斗和饮酒之歌：
号角多响亮；还有
喇叭嘟嘟地吹奏。

太阳下山了；逐渐
消隐了欢乐的声音。
坟墓的沉寂和恐怖
惶惶地笼罩住大厅。

萨勒克就如此凄凉
躺在山上的荒岩里。
看到它，一阵寒战
就钻进我的内心里。

▷ 1858

柔和的晚钟声音

柔和的晚钟声音
在山野上空回响，
它想要对我表明，
在这个世界之上，
故乡和故乡的幸福，
获得者并无其人：
刚刚跟乡土离分，
我们又回归乡土。

当如此响起钟声，
我不由心中在想，
我们全都是朝圣，
走向永恒的家乡。
谁要是挣脱故土，
唱那种家乡之歌，

唱那样一种极乐，
他真是永远幸福！

▷ 1859

无家可归[1]

快马载着我飞驰，
穿过广大的人世，
毫无畏缩和迟疑。
看到我的，认识我，
认识我的，都叫我
无家可归的人。
嗨迪德尔迪！
永勿抛弃我！
我的幸福，你明亮的星辰！

任何人都不许放肆
向我提出这问题，

---

1 尼采在 1859 年 8 月 11 日的日记中曾这样写道："昨天写了一首短诗，想到故乡的种种事物，想象失去故乡者的心情而作。"尼采于 5 岁时丧父，6 岁时弟死，全家由勒肯迁居至瑙姆堡，14 岁时进普福尔塔学院过严格的寄宿生生活，觉得自己跟无家可归者具有痛切的共感。

问我的故乡在哪里。
空间和飞速的时间，
从不能将我限制！
我自由得像老鹰！
嗨迪德尔迪！
永勿抛弃我！
我的幸福，你可爱的阳春！

难道我总当丧命，
去吻严酷的死神，
这一点我可不信。
我怎会堕入墓坑，
再也不让我痛饮
人生的芳香的甘醇？
嗨迪德尔迪！
永勿抛弃我！
我的幸福，你多彩的梦境。

▷ 1859

有生者

有生者必当消灭：
蔷薇花必当吹散，
如果你要有一天
看到它欣然复活！——

我看到刺眼的闪电

我看到刺眼的闪电划破
阴暗、碧蓝、夜晚的天空，
沿着乌黑黑地堆起的
云波的眉头独自闪动。
映得通红的云杉树干，
独立在雾蒙蒙的山坡旁。
苍白的烟气飘向森林，
映照着一片红色的光。
在远处天光掩映之下，
下起温柔的毛毛细雨，
独行其是，忧伤恐怖。——

在你泪盈盈的眼中
流露出一种眼光，
痛苦地，真心地，

为我俩唤回你我的
飘散的忧伤，消逝的幸福
和失去的时光。

给朋友的信

请问，亲爱的朋友，你为何很久不写信？
　我总是等待，数着一天天时间。
因为朋友的来信乃是莫大的安慰，
　像一道涌泉缓解焦渴的漂泊者。
获悉你的情况，对我价值连城：
　我也曾走过跟你同样的道路，
跟你一起备尝过同样的喜悦和悲伤，
　在联谊会里，至难者也变得轻松。
当然我深知：学生时代是艰难的岁月，
　任何重任和辛劳都不能忽视。
我也常想从这种束缚的锁链中脱身，
　让多感的心逃遁到孤独之中；
可是，常充满安慰而且使我们振奋的
　忠诚的友谊减轻了这种压力。
在朋友之间，没有什么可互相隐瞒；
　一切都交融在亲密的谈话之中。

即使有一人远离，友爱却巡行太空，

　化为书简飞近孤独的友人。

爱友！我们的再见之日即将临近，

　欢续隔绝已久的亲密的交谈。

但欢聚很短！因为我很快又要离开，

　不是回到只有严厉的普福尔塔，

也不是阴郁的费希泰尔山[1]，而是回老家！

　或许是最后一次访问这贵地！

可是——分离隔不开两心的经常联系，

　永远牢固的友谊将长存不变[2]！

▷ 1860 年 2 月 6 日普福尔塔。

1　巴伐利亚州东北地方的山脉，有些高达千米的山顶，看上去净是大片松树（云杉）的森林。此处作为普福尔塔学院的比拟。

2　最后一行，原文为拉丁文。又，本诗用悲歌（一译哀歌）的诗作（单行6步，双行5步）写成。歌德的《罗马悲歌》、席勒的《散步》以及后来里尔克的《杜伊诺哀歌》均用这一诗体。

让我对你敞开

让我对你敞开
我的紧闭的心扉！
你的暗暗施与的爱
是那样仁慈而亲切
抚慰我的冷酷、
现世孤独的痛苦，
使我内心里涌出
对你的思慕，
你这天上的明烛！

让我对你吐露，
你的圣灵的暗暗招呼，
怎样洒给我甘露，
当你看到我
在你的脚边，
你和蔼可亲地把我

拥抱在你的胸前。
我那时幸福无穷，
我的心激烈地跳动。

▷ 1862

回　忆

我的嘴唇颤动，眼睛笑眯眯，
可是从我深深的黑暗的内心
却升起一个充满责难的影子——
在我天空门口的温柔的星。
它闪着胜利之光——我的嘴唇
闭得更紧——眼泪流个不停。

我已把你和我

我已把你和我原谅和遗忘；

唉！你已把你和我遗忘和原谅。

献给未识之神[1]

再一次，在我继续漂流、
纵目向前方观看之前，
我要逃遁到你的身边，
孤独地高举我的双手，
在我最深的内心里面
为你庄严地建立祭坛，
让任何时间
你的声音再将我呼唤。

坛上的字迹发出红光，

1　本诗作于 1864 年秋（20 岁）。是年 9 月，尼采从普福尔塔学院毕业，这虽是一所著名的学校，但管理严格，使尼采感到束缚，现在他脱离这个有着许多清规戒律的学校，走向一个自由的广大世界，因此本诗乃是尼采在脱离中学、进入波恩大学感到这个时期是一个重大的转机而写的自白诗，一方面表示对少年时代的惜别，一方面也是要决心走自己道路的表明。

写道：奉献给未识之神。[1]
我属于他，尽管我至今
还列于渎神者的一帮：
我属于他——我感到绳套
在战斗之中把我拖倒，
尽管我想逃，
还要强迫我为他服劳。

我要认识你，未认识者，
深深抓住我的灵魂者，
像暴风贯穿我的一生者，
你，不可捉摸者，我的亲戚！
我要认识你，甚至侍奉你。

▷ 1864 年秋

---

1 《新约·使徒行传》17，22：保罗对雅典人说："我看你们在各方面都更敬畏神明，细看你们所敬之物，也见到一座祭坛，上面写着'给未识之神'。现在我就将你们所敬拜而不认识的这位，传告给你们。"保罗所说的未识之神，指基督教的上帝，而尼采在这里则是另有所指。

1869 年至 1888 年

抒情诗

忧郁颂

忧郁啊，请你不要责怪我，
我削尖了鹅毛笔把你颂扬，
我颂扬你，把头低垂到膝盖，
像隐士似的坐在一块树墩上。
你常见到我，特别是就在昨天，
坐在早晨时分炎热的阳光里：
兀鹰向谷中发出贪婪的叫喊，
梦想着枯木桩上腐烂的兽尸。

粗暴的禽鸟，你错了，尽管我活像
一具木乃伊，坐在树墩上休憩！
你没看到我眼睛，还喜气洋洋、
在转来转去，高傲而非常得意。
即使它不能潜入你飞的高空、
无力眺望极远的云海波澜，
却因此更能深入到自身之中，

发出电光照亮存在的深渊。

我就这样常坐在荒漠深处，
丑陋地弯腰，像献祭的野蛮人，
而且对你念念不忘，哦，忧郁，
一个忏悔者，尽管是个年轻人！
我就这样坐着，欣看兀鹰高飞，
欣听滚滚的雪崩轰轰隆隆，
你跟我说话，毫无世人的虚伪，
很真诚，却露出极其严肃的面容。

具有岩石野性的严厉的女神，
你这位女友，爱出现在我身旁；
随即给我警示兀鹰的踪影
和那要毁灭我的雪崩的欲望。
四周充满咬牙切齿的杀气：
要强夺自己生命的痛苦的贪求！
而在险峻的岩壁上，花儿在那里
思念着蝴蝶，一心要将它引诱。

这一切就是我——我战战兢兢追忆——
受到诱惑的蝴蝶，孤独的花苞，
兀鹰和奔腾直下的冰冻的小溪，
暴风的怒吼——都为了给你荣耀，
冷酷的女神，我对你深深弯腰，
头垂到膝盖，哼着恐怖的赞歌，
只是为了荣耀你，我才毫不动摇，
对生命、生命、生命热切贪求！

恶意的女神，请你不要责怪我
编织诗句将你包装得清秀。
看到你可怕的脸色，人人打哆嗦，
你伸出恶意的右手，人人都发抖。
我战战兢兢，哼唱一首首的歌，
以有节奏的样子抽搐不停；
削尖的笔头在挥写，墨水在流——
女神啊，女神——请让我独断独行！

▷ 1871 年夏，金迈尔瓦尔特

深夜一场雷雨之后

抑郁的女神，今天你变为雾幕，
高高悬挂着，遮住我的窗棂。
苍白的纷纷雪花恐怖地飞舞，
涨满的溪河鸣响着恐怖的声音。

啊！你凭借着突然闪烁的电光，
凭借桀骜不驯的雷霆怒吼，
凭借谷中的烟雾，魔术师娘，
酿造出这种致人死命的毒酒！

我在这几天午夜，浑身发抖，
听你那又悲又喜的吼叫声音，
看你目光炯炯，看你的右手
抽出霹雳猛烈地劈开天庭。

就这样你走向我的孤单的卧床，

全副武装，闪烁着刀光剑影，
用青铜锁链敲打我的门窗，
对我说话："听着，我是何人！

我是伟大、不朽的阿玛宗人[1]
决不像那种小鸟依人的妇女，
我仇恨男人，还要嘲讽男人，
我是女战士、常胜者，又是母老虎！

在我的脚下，踩着的都是死人，
从我愤怒的眼中投出了火把，
我头脑想的是剧毒——快跪下求情！
否则，蛆虫，腐烂吧！鬼火，熄灭吧！"

▷ 1871 年夏，金迈尔瓦尔特

1　希腊神话中尚武善战的妇女族，居住在亚速海沿岸或小亚细亚，比喻为女战士、女丈夫、女英雄。

在冰河之旁

中午，当盛夏
开始爬到群山上时，
这个睁着疲倦、热烈的眼睛的少年，
这时，他也在说话，
可是我们只看到他说话。
他的气息冒出，像病人的气息
在发烧之夜冒出一样。
冰山、枞树和山泉
也给他回话，
可是我们只看到回话。
因为湍溪比平常更快地
从山岩上跳下，像表示欢迎，
而且渴念地站在那里，
像白色的柱子在颤抖着。
枞树露出比以往更加深沉的、
更加诚挚的眼光，

在冰和死灰色岩石之间
突然射出亮光—— ——
我见过这种亮光：我明白它的意思。——

就是死人的眼睛
也会再一次出现回光返照，
当他的孩子满怀悲痛、
抱住他、撑住他、吻他：
这时，光的余焰会再一次
回冒上来，死气沉沉的眼睛
会热烈地说：“孩子！
孩子啊，你知道，我爱你！”——

就像这样，一切都热烈地说——冰山、
湍溪和枞树——
用它们的眼光在这里说这同样的话：
“我们爱你！
孩子啊，你知道，我们喜爱、喜爱你！”

于是他，

这个睁着疲倦、热烈的眼睛的少年，
他满怀悲痛地吻它们，
热情越来越高，
不肯离开；
他从嘴里吐出他的
只不过像轻纱一般的话语，
他的不愉快的话语：
“我的问候就是告别，
我的来就是去，
我将早夭。”

那时，四周的一切都在倾听
而屏住呼吸：
没有一只鸟歌唱。
这时，山脉
不寒而栗，
像掠过一道闪光。
这时，四周的一切都在沉思——
一声不吭——

这是中午，

中午，当盛夏

开始爬到群山上时，

他这个睁着疲倦、热烈的眼睛的少年。

▷ 1877 年夏，罗森劳伊

秋　天

是秋天了：它——还使你心碎！
飞去吧！飞去吧！——
太阳悄悄地上山，
爬着，爬着，
每一步都要休息。

世界变得何等萧条！
在张得松弛的弦上，
风弹起它的歌。
希望逃去了——
风之歌追怀希望而叹息。

是秋天了：它——还使你心碎！
飞去吧！飞去吧！
哦，树上的果实，
你摇摇欲坠？

黑夜
教给你什么秘密，
使得冰凉的战栗掩盖你的面颊、
深红色的面颊？——

你沉默，不回答？
还有谁开口？—— ——

是秋天了：它——还使你心碎！
飞去吧！飞去吧！——
“我并不美丽
——翠菊这样说——
可是我喜爱世人，
我安慰世人——

他们现在还应当看到花，
向我弯下身子
唉！将我折下——
那时，他们的眼中就闪出
回忆的光辉，

回忆起比我更美者：——

——我看出，我看出——就此死去。”——

是秋天了：它——还使你心碎！

飞去吧！飞去吧！

▷ 1877 年夏，罗森劳伊

孤　独

群鸦鸣噪，
乱哄哄地飞向城市：
就要下雪了——
现在还——有家乡的，真是福气！

你现在木然伫立，
回首后顾，唉！已经多么久远！
你这个傻子
为何面临冬季要逃往世间？

世界——是通往无数
沉寂而阴冷的荒野的大门！
谁要是失去
你所失去的，就会无处安身。

你苍白地站在这边，

受到诅咒，要在冬天里流浪，
就像那一缕轻烟
总想升到更加寒冷的天上。

飞吧，鸟儿，吱吱喳喳
唱你的歌，那种荒野禽鸟的音调！——
把你的，你这傻瓜，
流血的心藏入冰凌和嘲笑！

群鸦鸣噪，
乱哄哄地飞向城市：
就要下雪了，
没有家乡的人，真是晦气！

漂泊者[1]

一个漂泊者在夜色中前行，
步伐坚定；
蜿蜒的山谷和漫长的山路——
他摸索着前进。
夜色很美——
他迈步向前，毫不停止，
不知道他的路还要通往哪里。

那时，一只鸟儿在夜色中歌唱：
“鸟儿啊，你干吗要这样！
你为何拦住我的腿和心，

1　本诗是在听到友人罗德订婚消息时所作。尼采当时已出版了《悲剧的诞生》《不合时宜的看法》，完全放弃当古典文献学者的前程，又因患头痛、胃病，怀疑患上脑病而停止在大学授课，决定走孤独者的道路，又在同年（1876 年）4 月，曾写信给女音乐家玛蒂尔德・特朗佩达赫求婚，因她另有所爱而遭拒绝。

把这动人的伤心的声音
灌进我耳中，使我不得不立停、
不得不倾听—— ——
你为何用欢迎的歌声将我逗引？”——

好鸟儿停止歌唱而答问：
“不，漂泊者，不！我何曾用歌声
将你逗引——
我是逗引高处的雌禽——

跟你有什么关系？
我孤孤单单，感不到夜色之美——
跟你有什么关系？因为你应当前行，
决不能、决不能立停！
你干吗还站在这里？
我的清脆的歌声勾起你什么心事，
你这漂泊的游子？”

好鸟儿默默地沉思：
“我的清脆的歌声勾起他什么心事？

他干吗还站在这里？——

这个可怜、可怜的漂泊的游子！”

▷ 1876年7月，巴塞尔

献给友谊

祝福你，友谊！
我的最高希望的
最初的曙光！
啊，我常常觉得
道路和黑夜没有止境，
人生的一切
毫无目标而可憎！
我要再度活下去，
如今，我从你的眼中
看到晨曦和胜利，
你，最可爱的女神！

斯塔利埃诺公墓[1]

少女啊，你给羔羊
搔它的柔软的毛皮，
热情的火焰和光，
充满你两只眼睛里，
惹人逗弄的小姑娘，
远近欢迎的娇娃，
心地温顺而善良，
　Amorosissima！[2]

因何早抛弃红尘？
是何人伤了你的心？
你如有所爱，是何人

1　斯塔利埃诺为热那亚市北山区的小镇，那儿有著名的美丽的公墓。1882年初，尼采曾至该处访问，看到一块墓碑上嵌有一帧少女和羔羊的肖像，有感而作此诗。原题为意大利语 Campo santo di Staglieno。

2　意大利语：最可爱的。

辜负了你的深情？——
你无言——而你的眼睛，
却似乎噙着泪花：——
你无言——是死于相思病，
　Amorosissima？

“小天使号”小帆船[1]

小天使：人们这样称呼我——
现在是船，从前是小姑娘，
唉，现在还是一个小姑娘！
因为我的出色的方向盘，
总是对准爱情的方向。

小天使：人们这样称呼我——
插上百面小旗在飘扬，
那位最最漂亮的小船长，
自吹自擂地为我掌舵，
像一百零一面小旗一样。

小天使：人们这样称呼我——

1　本诗于1882年作于热那亚。取材于一艘小帆船的船名，该船的命名乃是根据一个传说中的少女的名字 Angiolina（小天使，可爱的天使），她是由于失恋而投海自尽的。

只要有追求我的小情郎，
不管哪里，我这只小羊，
总是满怀渴望地赶去，
我永远是这样的小羊。

小天使：人们这样称呼我——
你认为，我会像小狗一样
汪汪叫，我的小嘴会乱嚷，
向人喷出烟气和烈火？
唉，我的小嘴真有点发狂！

小天使：人们这样称呼我——
我曾经对人恶语中伤，
逼得我最喜爱的情郎
迅速走上了一条绝路：
一句话竟使他命丧无常！

小天使：人们这样称呼我——
听到噩耗，我就从悬岩上
跳下去，把一根肋骨跌伤，

害得我的魂魄飞散：
肋骨害得我魂飞天上！

小天使：人们这样称呼我——
我的灵魂像小猫一样，
一，二，三，四，跳到第五趟，
终于跳到这只小船上——
确实，它的脚敏捷异常。

小天使：人们这样称呼我——
现在是船，以前是小姑娘，
唉，现在还是一个小姑娘！
因为我的出色的方向盘，
总是对准爱情的方向。

少女之歌[1]

昨天，少女啊，我很聪明，
昨天，我正当十七岁芳龄：——
如今我却像老人之中
最老者——只是头发不相同！

昨天，我萌发一个思想——
思想？真是嘲笑和讽刺！
你们可曾萌发过思想？
也许只能说情感而已！

女人敢思考，非常罕见，
因为，有句古老的金言：

1 本诗诗题又作 Nausikaa-Lieder。瑙西卡娅是淮亚喀亚人国王阿尔喀诺俄斯的女儿。她接待遭受海难的俄底修斯，给他衣服穿，引他进入王宫。她希望他成为自己的丈夫，但知道他回乡心切，只得放弃此想，同他告别。参看荷马史诗《奥德赛》第六歌。

“女人要听话，不可当家；
她如去思考，就不会听话。”

还说些什么，我决不相信；
像一只跳蚤，又跳又叮人！
“很少有会思考的妇女，
即使会思考，也毫无用处！”

* * *

对古代流传下来的金言，
我在此表示最大的敬意！
现在听我的新的金言
蕴涵的最新的精髓意义！

昨天我心里，像往常一样，
又传出此言；现在听我讲：
“较为漂亮的乃是女人，
较有意思的乃是——男人！”

“善良者，仁慈者，最可爱者”[1]

我爱你，坟墓的洞穴！
还有你，墓石的诡辞！
你们常使我心扉
敞开来自由讽刺。
可今天——我伫立哀伤，
任泪珠流个不止，
对你这碑上的肖像，
对你这碑上的题字。

而且——不需我奉告——
这肖像——我已吻过伊。
要吻的东西可不少：
几时起作兴吻——陶瓷？

1　本诗为《斯塔利埃诺公墓》一诗的序章。原题为意大利文 Pia, caritatevole, amorosissima，乃是那位少女的墓碑上的题字，墓碑上还嵌有该少女和一只小羊的瓷雕肖像。

谁能说出个道理？

怎么？我是墓碑痴！

因为，我承认，我甚至

吻了长长的题字。

从高山之上

哦，生命的正午！庄严的时间！
　　　　哦，夏日的园林！
伫立、张望、等候，又不安，又高兴：——
我恭候朋友们，从白天等到夜晚，
你们在哪里？来吧！已到了时间！到了时间！

灰色的冰河，今天用蔷薇装扮，
　　　　这不是为了你们？
溪流在寻找你们，渴慕的风和云，
今天更加高高地升涌向蓝天，
像鸟瞰一样，从远处将你们窥探。

我把餐桌摆放在最高的山顶上——
　　　　谁住得跟星星、
跟离开深渊极远的远处如此近？
我的王国——哪一国比我更辽旷？

我的蜜——有什么人兽将它品尝？……

——你们来了，朋友们！——唉！难道我不是
　　　　你们要找的人？
你们犹豫、惊讶——啊，倒不如气愤！
我已非故我？手、脚、脸，都换了样子？
在你们眼里，——我不再像我自己？

我变成另一个人？不认识自己？
　　　　从自身中挣脱出来？
一个太经常克制自己的扭斗者？
过于经常地遏制自己的力气，
由于自己的胜利而受伤、受抑制？

我寻找过风吹得最猛的地方？
　　　　我曾想耐心住在
无人居住的、荒凉的北极熊地带。
把人和上帝、诅咒和祈祷都遗忘？
变成鬼魂在冰河上面游荡？

——老朋友！瞧！你们苍白地凝望，

充满爱和恐怖！

去吧！别动怒！你们不能居住

在这极远的冰和岩之间的地方——

居此者必须是猎人而且像羚羊。

我变成凶恶的猎人！——瞧，我的弓弦

绷紧得多么厉害！

拉到这样的程度，乃是最强者—— ——：

可是糟糕！这支箭比任何一支箭

更危险，——离开吧！为了你们的安全！……

你们转身了？——心啊，你忍受够了，

你的希望仍坚定：

请为新的朋友们敞开你的门！

抛开旧时的朋友！把回忆扔掉！

你曾经年轻过，如今——更年轻了！

曾联结我们的、同一个希望的纽带——

爱所写下的字印，

还有谁读它？它的颜色已褪尽。
好比羊皮纸抄件，不敢用手来
碰它——它像纸一样发黄发脆。

不再是朋友，他们——叫什么才好？——
　　　　只是朋友的亡灵！
在夜间还来叩我的心扉和窗棂，
望着我说道："我们岂不是故交？"
——散发过蔷薇花香的话语已枯凋！

哦，青春时代的憧憬，相互的误解！
　　　　我以为我所渴念者，
是跟我心意相通又善自变通者，
都已老化了，他们已都被甩开：
变通者，才仍是跟我相通的同类。

哦，生命的正午！青春时代的复返！
　　　　哦，夏日的园林！
伫立、张望、等候，又不安，又高兴！
我恭候朋友们，从白天等到夜晚，

等新的友人！来吧！已到了时间！到了时间！

这首歌结束了——憧憬的悦耳的叫声
　　　　在嘴里成为绝响：
是由于魔术家、朋友的及时光降，
正午的朋友——不，别问他是何人——
是正午时分，一人化成了二人……

确信共同的胜利，现在，我们来
　　　　庆祝这节日良辰：
查拉图斯特拉[1]来了，这位贵宾！
世界欢腾，恐怖的帷幕揭开，

1　《查拉图斯特拉如是说》第一部完成于 1883 年 2 月。第二部完成于同年 7 月。第三部完成于 1884 年 1 月。第四部完成于 1885 年 2 月。

光明与黑暗[1]成婚的时刻已到来……[2]

▷ 1887 年 11 月

---

1 查拉图斯特拉是琐罗亚斯德教的创立者。该教俗称拜火教、波斯教或袄教。其教义认为世界有两种对立的本原在斗争，其一为善，化身为光明神胡腊玛达（希腊文作奥尔穆兹德）；另一为恶，化身为黑暗神安赫腊曼纽（希腊文作阿利曼）。

2 这首诗最初应作于 1884 年夏，尼采在瑞士希尔斯·马利亚会晤年轻的贵族（男爵）海因里希·封·施泰因之时。施泰因（1857—1887）是位哲学家，当过瓦格纳家的家庭教师（1879）、哈勒大学讲师（1881）、柏林大学讲师（1884）。他在 1878 年发表过一册《唯物主义的理想》。尼采从他的论文中看出了与自己相类似的研究，很希望获得这样的一个好弟子。后来他们二人建立了交往和通信关系，1884 年 8 月 24 日，施泰因到希尔斯·马利亚拜会尼采。在该地滞留了三天。二人的会谈，给二人心中留下美丽的回忆。因此尼采写下这首诗答谢。但施泰因此行，却另有一个任务，他是受瓦格纳夫人的嘱托，要争取尼采回到拜罗伊德的圈子里去。尽管他在会晤尼采时被尼采非凡的人格迷惑，没有说出。但尼采希望他脱离瓦格纳的魔圈，成为尼采的弟子，这一点却有负于尼采的期望，使尼采深感苦痛。1887 年 6 月 20 日，施泰因在柏林逝世，年仅 30 岁。尼采对他的夭逝，觉得是莫大的损失，他写道："封·施泰因博士之死，使我极其悲伤。我在几天间像失去我自己一样。我在德国真正感到欢喜的人，差不多没有了。"本诗的最后二节，是对施泰因体会到幻灭的心情之后附加的。

人啊！注意听！[1]

人啊！注意听！
深深的午夜在说甚？
“我睡过，我睡过——
我从深深的梦中觉醒：——
世界深沉，
比白昼想象的更深。
世界的痛苦很深——
快乐——比内心忧伤更深：
痛苦说：消逝吧！
可是一切快乐要求永恒[2]——
——要求深深、深深的永恒！”

1 《查拉图斯特拉如是说》第四部《醉歌》篇中的插曲。

2 痛苦不想永远痛苦，而快乐却想永远常驻，亦即要求把痛苦转化为永远的快乐，这是尼采思想的最终点，也就是永远回归说的核心。

献给哈菲兹[1]

（祝酒词，一个喝水者[2]的疑问）

你给自己建造的酒店，
　　大于所有的住房，
　你在它里面酿造的酒，
　　世人都喝不光。
　原本是长生鸟[3]的神禽，
　　住在你家里做贵宾，

1　哈菲兹（1320—1389），波斯诗人。他的抒情诗多歌咏酒和爱情以及大自然之美，但也对封建统治阶级的专制和残暴、宗教势力的猖獗、社会道德的沉沦进行揭露和嘲讽。奥国的东方学者哈默尔·普尔格施塔尔（1774—1856）于1812年出版了哈菲兹诗的德译（Diwan des Hafis），激起歌德创作《东西诗集》的热情和德国诗人吕克特对东方文学的研究。

2　尼采不饮酒，故自称喝水者。

3　长生鸟一译火凤凰。埃及神话中的神禽，相传为埃及日神拉的化身。此鸟每隔五百年由阿拉伯飞到埃及的赫利奥玻利斯，在神坛上自焚，然后由死灰中再生出新鸟。在文学语言中象征永恒、复活。

生出过一座山的老鼠[1]

　　它——简直就是你自身！

你是全，又全非，是酒馆和酒，

　　是长生鸟、山和老鼠，

你永远钻进自我之中，

　　又从自我之中飞出——

你是一切高峰的坠落，

　　一切深底的光辉，

你是一切醉翁的沉醉，

　　酒对你——岂非无所谓？[2]

▷ 1884 年秋

1　“山怀孕了，宙斯很吃惊，但山生了个老鼠。”这是希腊作家阿忒纳伊俄斯著作中埃及法老讥笑斯巴达王的话。罗马诗人贺拉斯《诗艺》139 节也有此语：“大山临盆，产出可笑的老鼠”。尼采在这里将典故反用。

2　尼采在本诗中把拥有最丰富的思想的诗人当做生存的陶醉者歌颂，戏言酒对于哈菲兹其实是无所谓的，亦即醉翁之意岂在酒哉之意。

南国的音乐[1]

如今一切仍赋予给我，
我的鹰[2]曾为我看出的万物
——尽管许多希望已模糊——
你的乐音像利箭刺穿我，
宛如从天上给我降落
一种耳福和感官之福。

把航船心愿，哦，别迟疑，
转向南国，那些幸福岛，
希腊宁芙[3]神女的游戏——
什么船发现过更美的目标！

▷ 1884 年

---

1 指彼得·加斯特的音乐。这位音乐家原名海因里希·克泽利茨（Heinrich Köselitz），尼采戏称他为 Peter Gast，即彼得客人之意。他于 1875 年曾到巴塞尔听尼采讲课，很崇拜老师，而尼采也很喜爱这个弟子。

2 鹰和蛇是查拉图斯特拉的宠物，鹰象征高傲，蛇象征智慧。

3 宁芙（Nymphe，希腊文意为新娘、少女）：希腊神话中山林水泽神女，或称仙女。她们过着无忧无虑的快乐生活，唱歌跳舞，做做游戏。

威尼斯[1]

最近，在昏黄的夜晚，
我曾来伫立在桥边。
远处传来了歌声；
它迸出点点的金光
掠过荡漾的水面。
共渡乐[2]、灯火、音乐——
醉沉沉地向暮色中漂去……

我的灵魂，像弦乐器，
被无形的手指拨弄，
暗暗唱一曲共渡乐之歌，
感到多彩的至福而战栗。
——可有人在听它？

1　尼采应他的弟子彼得·加斯特之邀，于1880年3月至6月底在威尼斯逗留了四个月。他称威尼斯是他“喜爱的惟一的城市”。本诗后来插入尼采的自传作品《看，这个人》书中。

2　威尼斯的一种具有鸟头形船首和船尾的狭长平底的小游船，意大利名Gondola。

三首片段

1[1]

幸福，哦，幸福，你，最美的猎获品！
总是靠近，又决不够靠近，
总是明天，只是今天不行，——
你觉得你的猎人太年轻？
你果真是罪孽的途径、
一切罪孽中
最惹人喜爱的犯罪的途径？

2[2]

上空传来远远的雷鸣，
雨点一滴滴落下：
迂夫子很早就唠叨不停，

---

1 作于 1882 年夏。
2 作于 1884 年终。

无法堵住他嘴巴。
朝阳刚对我窗前斜照，
已听到连祷朗诵！
喋喋不休地进行说教，
凡事——都是虚空[1]！

3[2]

白昼声销，幸福之光发黄，
中午已远去。
还要多久？月亮、星星、风和霜
就要降临：现在我不再犹豫，
像被风从树上吹落的果实那样。

---

1 《传道书》1，2：“传道者说，虚空的虚空，凡事都是虚空。”
2 约作于1886年。

1869 年至 1888 年

箴言诗

歌与箴言诗

节奏是开端，韵是终点，
音乐常被当做它的魂：
这样一种绝妙的音声
被称为歌。说得简短点，
歌就是："作为音乐的语言"。

箴言诗有一块新的领地：
它能嘲讽、蹦跳、狂想，
箴言诗从来不能歌唱；
箴言诗就是："无歌的意义"。——

我可以把两者提供给诸位？

《荷马与古典文献学》题词[1]

在巴塞尔我毫不丧胆，
却很孤单——上帝垂鉴！
我大声叫喊：荷马！荷马！
使人人心中感到重压。
他们去教堂、回到家中，
将我这大声叫喊者嘲讽。

现在我对此不再关心，
那些最出色的听众们
听我的荷马风的叫喊，
静悄悄地毫不觉厌烦。
在此我以衷心的谢意
报答这种洋溢的善意。

---

1 1869 年 5 月 28 日，尼采在瑞士巴塞尔大学发表就任演讲《荷马与古典文献学》。在将此文自费出版时，书中印有给他的妹妹伊丽莎白的献词。这篇演说是尼采 24 岁当上古典文献学教授的得意之作，但在保守的文献学者之间未获好评。

在朋友们中间

后奏曲[1]

1

一同沉默，令人愉快，
更愉快的是一同欢笑，——
在丝绸般的天幕下面
靠着苔藓和山毛榉树边，
跟朋友们大声欢笑，
把雪白牙齿显露出来。

我干得好，我们就别响；
我干得糟——，就让我们笑，
而且干得越来越糟，
干得更糟，笑得更糟，
直到我们被人埋葬。

1　本诗为《人性的，太人性的》第一部第七卷结尾的插曲。

朋友们！真的！该如此吗？
阿门！那么，就此再见吧！

2

不需要谅解！不需要原宥！
你们心旷神怡的朋友，
对这本背理之书，务请
俯听、关心，给它个容身处！
请相信，我这样违背理性
并没有给我带来咒诅！

我发现的事，我探求的事——
可曾记载在一本书里？
请尊重我内心的傻劲！
请从这傻子书中学习
理性怎样——“返诸理性”！

就这样，朋友们，该这样吗？——
阿门！那么，就此再见吧！

伞松[1]和闪电

我高高生长在人与兽之上；
我说话——没有人跟我对讲。

我长得太高，也太寂寞——
我等待：我到底等待什么？

云的席位就近在身边，——
我等待第一次发出的闪电。

1　伞松：Pinie，拉丁名 Pinus pinea。树冠像雨伞一样的松树，一译雨伞松。产于意大利、西班牙等地中海国家。

秋天的树

你们，粗鲁的笨蛋，干吗摇撼我，
我正置身于幸福的蒙昧之中：
从没有更凶的惊梦震撼过我，
——我的梦，金色的梦消逝无踪！

你们这些长着象鼻的偷嘴熊，
不该先有礼地：轻敲！轻敲？
我只吓得把一盘盘成熟的
金黄的果实——向你们头上倾倒。

在敌人们中间[1]

（根据吉卜赛人的俗语而作）

那边是绞架，这边是绞索
以及刽子手的红胡子，
四周是群众和恶意的眼光——
对我这种人，一点不新奇！
我经验丰富，心里有底，
我笑着当你们的面大叫：
“要绞死我，白费事，白费事！
死亡？我可是不会死掉！”

乞丐们！你们忌妒我，因为，

1　别题《对批评》或《给批评》。初稿作于1882年。1884年稿另加两节，每节四行。大意为：“在遥远的西班牙，这样的歌，合着铃鼓的伴奏，传入我的耳中。阴暗的铁皮煤油提灯光闪烁着，歌手爽朗、快活而大胆无畏。我侧耳倾听，沉入我的最深的水底的深处，我觉得睡意沉沉，永远健康地，永远病恹恹地。”

我得到你们未得的东西：
我虽然受罪，我虽然受罪——
可是你们——会送死，会送死！
我还有光明、呼吸和汗气，
尽管经历过死路千百条——
“要绞死我，白费事，白费事！
死亡？我可是不会死掉！”

《漂泊者和他的影子》[1]

一本书

不能再回头？也上不了？
就连羚羊也无路可跑？

我在这里等着，紧紧把握住
眼和手让我把握的事物！

这儿有五尺宽的大地，曙光，
我下面——世界、人类和死亡！

1 《人性的，太人性的》第二部下卷的篇名。本诗初稿于 1877 年作于罗森劳依，定稿作于 1882 年夏。

《人性的，太人性的》题词

1 [1]

自从我产生这本书，就苦于渴望和羞愧，
直到此植物有一天为你开富丽的花朵。
现在我已领会到追随大人物的幸福，
当他欣喜于自己收割的金色的成果。

2 [2]

难道索伦托[3]的香气一点没有留下来？
难道一切只剩下荒芜冷漠的山景？
没有秋天的阳光温暖，也没有爱？
这样，在本书中仅有我的一部分：

1　献给瓦格纳。

2　献给马尔维达·封·迈森布克女士。1876 年 10 月尼采曾跟她一起在索伦托过冬。

3　意大利南部城镇。城筑于海滨峭壁上。盛产橘、柠檬、油橄榄等，为景色绮丽的游览胜地。

较好的部分，我要拿来作为供品，
献给她，她曾是我的女友、母亲和医生。

3 [1]

女友！胆敢把你从对十字架的信仰中抢走的男子，
赠你这本书：可是他自己又在本书之前制造一个十字架。

1　献给路易丝夫人，即奥弗尔贝克夫人。

有一天要作许多报道的人

有一天要作许多报道的人，
把许多话默认藏诸内心：
有一天要点燃闪电火花的人，
必须长时期——做天上的云。

《快乐的科学》一本样书中的题词

女友，哥伦布说，不要
再相信任何热那亚人！
他总是向着碧空远眺，
最远的地方太将他吸引！
他爱谁，他就爱诱惑他前往
时空以内的遥远的去处，——
星星在我们头上闪光，
永恒在我们四周喧呼。

新哥伦布[1]

女友！——哥伦布说——不要
再相信任何热那亚人！[2]
他总是向着碧空远眺——
最远的地方太将他吸引！

我现在珍视陌生的异国！
热那亚——它已沉没而消逝——
心啊，冷静些！手啊，掌好舵！
前方是海洋——是陆地？——陆地？——

我们要牢牢站稳脚跟！
我们永不能走回头路！
看：它们在远处恭候我们，
死亡，荣誉，还有幸福！

1　本诗第一、第三节作于 1882 年夏，第二节作于 1884 年秋。
2　哥伦布（约 1451—1506），意大利航海家，生于热那亚。

《快乐的科学》

这不是书：书算得了什么！
这棺材和裹尸布算得了什么！
书的战利品已成为过去了：
但其中存在着永恒的今朝。

第二稿

这不是书：书算得了什么！
这棺材和裹尸布算得了什么！
这是一个意图，这是一个期待，
这是最后一次的桥梁破坏，
这是一阵海风，一次拔锚起航，
一阵齿轮声响，一次掌舵定向；
大炮轰隆怒吼，炮火白烟直冒，
大海，这个庞然怪物哈哈大笑！

当心：有毒

谁在此处不会笑，就不可在此阅读！

因为，他不笑，“恶魔”就要把他揪住。

同气相求

跟爱开玩笑者开玩笑很便当:
想胳肢他人者容易使他发痒。

从狄俄革涅斯[1]的大桶里传出的话

“拉屎不值钱，幸福无价：

因此我不坐在金子上[2]，光把屁股坐下。”

1 旧译第欧根尼（Diogenes of Sinopeus，约前 404—约前 323）：古希腊犬儒派哲学家。他认为人无欲望，即能快乐如神。他生活简朴，不要房子、衣服和钱财。他只要一只大桶，白天坐在里面，夜晚睡在里面。他要转移，就把木桶滚到别处。身披一件粗袍。肩上悬一袋，置放食物，以手取食。

2 坐在金子上面是一句成语，意为守财奴。这一行用 Sitz ich auf Gold 和 auf meinem Steiß 做文字游戏。

处世准则

为了乐于过你的生活，
你要置身于生活之上！
因此要学会提高自己！
因此要学会——向下面看望！

欲望中的最高贵者，
要慎重地使它完美：
在每一公斤的爱的里面
要加上一丝儿自我轻蔑。

绝望的

使我心中害怕的乃是
那些吐唾沫的家伙!
我定要逃跑，可逃往哪里?
难道要跳进水波?

他们的喉咙总是咕噜响，
总把一张嘴噘起，
总是把墙壁和地板弄脏——
吐唾沫的人[1]真该死!

我情愿单纯素朴地栖息在
屋顶上，像自由之鸟，
我情愿跟那些背誓者、通奸者、
盗贼们厮混在一道!

---

1 原文 Speichelseelen，意为拍马屁的人（Speichel-lecker）。

吐唾沫的修养，该诅咒！
那样的道德会也该死！
最纯粹的虔诚的信友
也不在嘴里放金子。

语　言

生动的语言，我很喜爱：
它非常愉快地跳了过来，
弯起优美的颈项致意，
虽然不灵活，倒也讨喜，
血气足，也会气喘吁吁，
聋子的耳朵，也会钻进去，
刚蜷曲成团，又飞舞起来，
各方面——语言都让人欢快。

可是语言的身体很虚，
时而生病，时而又痊愈。
想让它小生命保持长久，
你拥抱它时务必要轻柔，
不可粗鲁地碰它压它，
眼光凶狠也会害死它——
倒卧在地上，形神俱丧，

变得那样可怜而冰凉，
受到死亡的无情摧毁，
它的小尸体面目全非。

死的语言——丑陋的东西，
嘎吱嘎吱的骨头架子。
诅咒一切可憎的手艺，
大小语言都被它扼死！

隐士说

有想法？好！思想就要我做主。
可是苦苦寻思——我不愿干！
苦苦寻思着——就被思想俘虏，
我可决不愿听人使唤。

一切永恒的清泉

一切永恒的清泉
永远涌流不休：
上帝自己——他可曾有过开端？
上帝自己——他是否一直在开头？

决　心

我要聪明点，因为我欢喜，
并非想博得他人的好评。
我赞美上帝，是因为上帝
把世界造得尽可能愚蠢。

当我自己尽可能如此
弯弯曲曲地走我的道路——
最聪明的人以此点开始，
而愚蠢的人——却就此停步。

安安稳稳的男子[1]

一位非常腼腆的女子
在晨光中对我说道：
“你已很快乐，在没喝酒时，
你会怎样快乐——如果喝醉了！”

1　原题为 Der Halkyonier。据希腊神话，哈尔库俄涅是埃俄罗斯的女儿，特剌喀斯王刻宇克斯的妻子。她的丈夫出海旅行时淹死。她看到漂到岸边的丈夫尸体，万分悲痛，自己也投海自尽。天神怜悯他们，将他们夫妇化为翠鸟（希腊文［h］alkyone 意为翠鸟）。每年冬至前后 14 天，翠鸟在海上浮巢中孵卵，在此期间，海上风平浪静，称为安安稳稳的日子（alcyonsche Tage）。尼采根据这个神话，反其意用之，并玩弄文字游戏。德文中 selig 意为快乐、幸福，又指死后升天堂的极乐（永福）；喝醉了原文为 trunken，而 ertrunken 则意为淹死。故本诗第四行的潜在意思为：如果淹死了（喝饱海水），会怎样享受死后升上天堂的极乐。

七则女性用箴言[1]

男人向我们慢慢走来，长久的无聊急忙跑开。

啊！学问和年龄增长也给脆弱的品德以力量。

黑色衣服和默不作声可把妇女打扮得——聪明。

我在幸福时该感谢何人？上帝！——还有我的女裁缝。

年轻时：洞府中繁花盛开。年老时：一条蛇[2]爬了出来。

高贵的姓氏，漂亮的腿脚，加上男子气：哦，他归我多好！

语短意长——这是勾引母驴上当的滑脚的冰！[3]

1　见《善恶的彼岸》箴言237。这里的每一行押中间韵。如分写成两行，即等于“二行诗”。

2　原文Drache，一般译为龙，又译大蛇。亦指悍妇、泼妇、雌老虎。

3　德文中有句成语：wenn dem Esel zu wohl ist，geht er aufs Eis tanzen。驴子得意忘形就要到冰上跳舞，比喻过分得意，就要冲昏头脑。妇女多言，好说闲话，自古有长舌之讥。若称赞她语短意长，她就会得意忘形了。

新　约

这是极神圣的祈祷书、

幸福与痛苦之书？

——可是在它的卷头上面

记载上帝的通奸[1]。

1　《马太福音》第一章：耶稣的“母亲马利亚已经许配了约瑟，还没有迎娶，马利亚就从圣灵怀了孕”。后来，约瑟“遵照主使者的吩咐，把妻子娶过来，只是没有和她同房，等她生了儿子，就给他起名叫耶稣”。尼采在《查拉图斯特拉如是说》第四部《退职》篇中也有这样的一段话：“他是一个非常鬼鬼祟祟的隐秘的神。实际上，甚至生个儿子，他也只是偷偷摸摸地干的。在他的信仰的门口竖着通奸。”

从前，我想，是公元第一年[1]

从前——我想，是公元第一年——
未饮酒而醉的女巫曾说道：
“可悲，现在真糟！
衰微！衰微！世人从未沦落得如此深！
罗马沦为婊子[2]，沦为妓院，
罗马皇帝沦为畜生[3]，上帝自己——变成犹太人！[4]”

---

1 《查拉图斯特拉如是说》第四部《跟王者的谈话》篇中查拉图斯特拉所作之歌。

2 《以赛亚书》1，21：“可叹忠信的城变为妓女。”

3 罗马帝国的末期，道德沦丧，以至于出现像尼禄这样弑母、杀妻、赐死老师的荒淫无道的暴君。

4 神子耶稣是犹太人。此处指宗教与财权相结合。犹太人精于敛财，是守财奴、放高利贷者、不法奸商的代名词。

看一件晨衣

尽管衣着不怎么整齐，
从前德国人还保持理智，
唉，情况变得多么不同！
如今扣紧了威严的外衣；
他们却把他们的理智
交给俾斯麦——他们的裁缝！[1]

1　俾斯麦（1815—1898）：普鲁士王国首相（1862—1890）和德意志帝国宰相（1871—1890）。曾采取铁血政策，实行强权统治。他的祖先是裁缝。

献给斯宾诺莎

怀着热爱面向“一切中之一”[1]，
Amore dei，[2]由于知性而臻于极乐——
脱掉鞋子！多么三重神圣的土地！——
——可是在这种热爱之下燃烧着
一种暗暗闪烁的复仇之火，
对犹太人的憎恶将犹太人的神吞吃[3]……
隐士[4]啊！我认清了你的本体？

---

1 斯宾诺莎（1632—1677）：荷兰唯物主义哲学家。他的全部哲学的核心是实体学说。他认为不能有多数实体，只有惟一的实体，从而克服了笛卡儿的二元论和唯心主义，制定出一元论的唯物主义自然观。

2 拉丁文：热爱神。斯宾诺莎把自然本身称做神，“神即自然”就是他的泛神论思想。

3 斯宾诺莎原为葡系犹太人，因不愿放弃进步思想，于1656年被犹太教会以“异端”罪名逐出教会。

4 斯宾诺莎受教会迫害，离城村居，以磨镜片为生。

致达尔文的信徒们[1]

这些规矩的英国人的
平庸的理解者，
你们当成是“哲学”？
把达尔文跟歌德并称，
这叫做：冒犯尊严——
Majestatem genii！[2]

1 尼采不赞同达尔文的适者生存说。
2 拉丁文：天才的尊严。

祝福你们，规矩的推车者们[1]

祝福你们，规矩的推车者们，
总是“越慢吞吞越好”，
总是硬着头皮和膝头，
没有热情，不开玩笑，
牢牢地保持平庸，
Sans génie et sans esprit！[2]

1　见《善恶的彼岸》箴言 228。
2　法文：没有天才，没有才智。

阿图尔·叔本华[1]

他教导过的，已成为过去了；
他的生活准则，将永世长存：
看看他吧——
他一向不听命于任何人！

---

1 尼采于1865年（21岁）初读叔本华的《作为意志和表象的世界》，深为感动。在1867—1868年写的《关于叔本华》的笔记里，已指出这位哲学家的缺陷。后在《不合时宜的想法》第三部《教育家叔本华》（1874）中，又为叔本华唱赞歌，但并非赞颂他的思想，而是赞颂这位厌世者的人格和生活方式。叔本华否定生活，是消极的、出世的，而尼采则肯定生活，是积极的、入世的。

致里夏德·瓦格纳[1]

你，饱尝一切枷锁之苦的人，
没有安宁的、未获解放的精神，
越是多次奏胜，越是受束缚，
越来越觉得恶心，越是受折磨，
你终于从一切香油中饮鸩止渴——
唉！你也做了拜倒在十字架前的人，
连你也！连你也——成为被征服的人！

我面对这出戏剧伫立了多时，
闻到监牢、气恼、烦躁和墓道的味道，
其间混杂着袅袅香烟和教会的臭气，
我感到异样，感到害怕和惊悸。
我跳着把小丑帽向空中抛得高高，
随后逃之夭夭！

1　尼采本来很崇拜瓦格纳，但后来由于瓦格纳的作品越来越具有浓厚的宗教气氛，最终二人的友谊破裂了。

作为纯洁之使徒的瓦格纳[1]

——这仍然是德国式的？
这种沉闷的尖叫是发自德国人心里？
这样的自我斫丧是德国人的肉体？
祭司叉开双手的这样的姿势，
香烟缭绕的官能刺激，也是德国式的？
这样的突进、停滞、踉跄，蜜糖似的
甜甜的叮当之声，也都是德国式的？
还有这样的修女的媚眼、三钟经的钟响，
这样的完全虚幻、如痴如醉的天堂—超天堂？……

——这仍然是德国式的？
想想吧！你们还没有入室升堂……
因为你们听到的是罗马——无言的罗马的信仰！

---

1 《善恶的彼岸》箴言256。在有些版本中诗题作《帕尔齐法尔音乐》。瓦格纳在乐剧《帕尔齐法尔》中把纯洁的愚鲁作为主人公的道德加以赞美，故尼采在这里称瓦格纳为纯洁的使徒。

我的门上的题词[1]

我住在我自己的家里，
从未学过任何人的任何样子，
而且——还嘲笑每一位
没有嘲笑过自己的大师。[2]

1 《快乐的科学》1887 年版的题词。

2 尼采在自己的著作中常做自我批评和自我嘲笑。

从乐园[1]

“善与恶乃是上帝的
成见”，——蛇说罢，逃之夭夭。

1 《旧约·创世记》第三章：蛇引诱伊甸园中的夏娃吃分别善恶的树上的果子。

思想的游戏[1]

思想的游戏，引导你的
是优美女神[2]中的一人：
啊，你使我觉得多么开心！
——悲哉，我看到什么事情？
引导女神的面具和面纱脱落了，
在轮舞前头走着的
乃是可怖的必然性。

1　未使用的《人性的，太人性的》一书的序言。

2　希腊神话中的优美女神，又译美惠女神，有三位（快乐、花、光辉）。

约里克[1]朋友，鼓起勇气

约里克朋友，鼓起勇气！
如果像现在这个样子，
你的思想将你折磨，
别称它为——“神”！绝对不是，
使你感到苦恼的，
不过是你自己的孩子，
不过是你的血和肉，
你的小淘气，小赤佬！
——试试看，鞭子是否有效！

1 约里克是歌德和尼采所爱读的英国作家斯特恩小说《项狄传》中的人物，他是作者的化身，一个多感的牧师。斯特恩的作品（包括《感伤旅行》），以忧郁的人生观、信仰和幽默的结合，对18、19世纪的德国文学有很大的影响。这个名字源出莎剧《哈姆莱特》，是丹麦国王的宫廷小丑。哈姆莱特在墓地对被挖出的他的骷髅发了一通悲观的议论。

约里克朋友，要紧的是放弃
阴郁的哲学，我要对你耳朵里
说一句箴言，作为灵药，
我常用的家庭处方，
——我对付这种忧郁的灵药！——
“爱自己的‘神’的人，就将神管教。[1]”

---

1 《查拉图斯特拉如是说》第一部《前言》4：“我爱那样一种人，他因为爱他的神而惩罚他的神。”这句话反用《圣经》语句，参看《希伯来书》12.6“因为主所爱的，他必管教”，亦译“因为上主惩戒他所爱的”。

泰门说[1]

“不要太慷慨：只有狗子
才会随时去拉屎！”

1　泰门是古希腊的愤世者。他是雅典贵族，慷慨好客，但在把钱财用光时，朋友就纷纷离去。他逃到荒野山洞挖野菜根时发现了黄金，愤慨地独白说：“金子！就这一点点可以使黑变白，丑变美……”参看莎剧《雅典的泰门》。马克思在《资本论》中曾引用这段独白。

尾　声

笑是一种认真的技巧。
为了使明天笑得更好，
请问：我今天笑得如何？
是否有火花冒出心中？
如果心里没烧起烈火，
头脑对玩笑就不起作用。

▷ 1882

“玩笑、阴谋和报复”[1]

按德国诗型而写的序曲[2]

1 借用歌德同名歌剧的剧名。

2 这组诗收入《快乐的科学》全卷之前。

1. 邀请

吃客们，来尝尝我的佳肴！
明天定觉得味道更好，
到后天一定非常满意！
如果还想继续吃——那么
我随身带的七样旧家伙[1]
会给我七样新的勇气。

2. 我的幸福

自从我倦于探求以来，
我就学会了发现。
自从我碰到一次顶风，
我就看风向扯帆。

3. 不灰心

在你立足处深挖下去！
就会有泉水涌出！

---

1 德文 Siebensachen 意为随身携带的东西，日常用的不值钱的家当。七为概数。

别管那些蒙昧者们大呼：
“下面永远是——地狱！”

4. 对话

甲：我生过病？现在痊愈了？
　　是哪位医生给我治疗？
　　我怎么全都忘得精光？
乙：现在我才认为你痊愈了：
　　因为健忘者才算健康。

5. 给有道德的人士

我们的有道德的人也应该轻徐地举步：
它必须像荷马的诗句那样来来去去！

6. 处世之道

别停在平野上面！
也别去爬得太高！
打从半高处观看，
世界显得最美好。

7. 跟我走——跟你走[1]

我的举止和谈话将你引诱，
你跟随着我，你跟在我后面？
倒不如忠实地跟着你自己走：
这样就是跟随我——慢走！慢走！

8. 第三次蜕皮时

我的皮已经皱缩而开裂，
虽已消化掉那么多泥土，
我体内的蛇，又怀抱着
新的渴望，一心想吃土。
我在石头和草丛间爬行，
蜷曲着身体，饥肠辘辘，
要吃我经常吃的食品，
吃你，蛇粮，吃你，泥土！[2]

---

1 原题为拉丁文：Vademecum—Vadetecum。

2 蛇诱惑夏娃，吃了伊甸园中分别善恶树上的果子，上帝就对蛇说："你既做了这事，就必受咒诅……你必用肚子行走，终身吃土。"参看《旧约·创世记》第三章。

9. 我的蔷薇

是！我的幸福——它要使人幸福——
一切幸福确实是要使人幸福！
你们想要把我的蔷薇采去？
那就必须弯下你们的身体，
躲在岩石和荆棘灌木丛里，
常常舔你们的被刺的手指！

因为我的幸福——它喜爱揶揄！
因为我的幸福——它喜爱恶作剧！——
你们想要把我的蔷薇采去？

10. 藐视者

我把许多东西落下滚掉，
你们就此称我为藐视者。
从斟得太满的杯中喝酒者，
会把许多美酒落下滚掉——
可是并不因此将美酒责怪。

11. 俗话说

苛刻和温和，粗鲁和细致，
亲密和异样，污秽和清洁，
傻瓜和聪明人约会在一起：
我是这一切，我愿意如此，
做鸽子，同时又做蛇和猪子！

12. 给一位启蒙主义者

你如不想让眼睛和感觉疲劳，
在背阴处也要跟着太阳跑！

13. 为舞蹈家而作

光滑的冰
对于那些
深知舞蹈法门者乃是一座乐园。

14. 正直的人

用整块木料雕刻的敌意，
胜于用胶粘合的友谊！

15. 锈

生锈也有必要[1]：光是锐利也不行！
否则人们会常常说你："他太年轻！"

16. 向上

"我怎样能最好地爬到山上？"——
只管向上爬而不要去想！

17. 强暴者的箴言

决不要恳求！不要啼啼哭哭！
夺取吧，我请你，永远去夺取！

18. 心胸狭隘者

我憎恨那些心胸狭隘者！
心中几乎没什么善和恶存在。

1　歌德也说过这样的话："钱币的价值在于生锈。"（见《浮士德》第二部第二幕第三场）

19. 非故意的诱惑者

他把空话的箭，为了消磨时辰，

射向蓝天——却落下一个中箭的女人。

20. 提供考虑

双重痛苦比**一件**痛苦容易

忍受得住：你可愿意试它一试？

21. 反对自吹自擂

不要过分自吹自擂：否则，

小刺一下，就会使你破裂。

22. 男人和女人

“让你心爱的女人抢劫你，何妨！”

男人这样想；女人会偷，不会抢。

23. 解释

我如果说明自己，我就会自我掩盖：

我不能自己做自己的解释者。

可是如有人只管在自己的路上登攀，

也就会把我的形象带到更亮的光线处观看。

24. 悲观主义者服用的良药

你在悲叹，什么都不合你的口味？
朋友，你还是不改老脾气、喃喃诉苦？
我听到你在咒骂、吵闹、啐唾沫——
我的耐性和心情再也按捺不住。
我的朋友，听我的话，下定决心，
弄一只肥蛤蟆来把它吞了下去，
要吞得快一点，不要用眼睛看！——
这对你的消化不良症大有帮助！

25. 祈愿

我很了解许多世人的心，
却不知道自己是什么人！
我的眼睛跟我距离得太近——
我不是现在和过去我所见的人。
如果我能坐得离自己远些，
我想，对我的作用也许好些。
虽不像我的敌人离得那样远！
最亲近的朋友已离得太远——
可是，最好在敌人和我的中间！
你们可猜到我在做什么祈愿？

26. 我的强硬

我必须要跨越成百级阶梯，
我必须向上爬，我听到你们的叫声：
“你真强硬！我们岂是石头人？”——
我必须要跨越成百级阶梯，
却没有任何人愿意当阶梯。

27. 漂泊者

“没有路了！四周是深渊和死的寂静！”——
你希望如此！你的意志要避开路径！
现在是要紧关头，漂泊者！要冷静地细看！
如果你相信——危险，你已经完蛋。

28. 给初学者的安慰

瞧这个夹在咕咕的脏小鬼间的孩子，
长着弯曲的脚趾，无人帮助！
他只会哭，没有别的本事——
他以前可曾学过站起来走路？
不要灰心！不久，我可以认为，
你们将能看到这孩子跳舞！

如果他能用双腿站立起来，
他也会做头手倒立[1]姿势站住。

29．星星一利己主义

如果我不是毫无间断地
自转着我的圆滚筒身体，
我怎能顶住酷热的太阳，
跟着它奔跑而不被烧伤？

30．最亲近者

我不愿最亲近者跟我靠近：
让他走开，离开我高飞远行！
否则他怎能成为我的明星？——

31．改装的圣徒

愿你的福气不使我们丧气，
尽管你裹着魔鬼的诡计、
魔鬼的机智和魔鬼的衣裳。

1　德文 auf dem kopf stehen 意为头手倒立（蜻蜓倒竖），转义为颠倒、混乱。

可是徒然！从你的眼睛里
却流露出神圣的眼光！

32. 奴隶

甲：他站住倾听：是什么使他心慌？
　　他听到什么在耳边嗡嗡作响？
　　是什么把他打击得意气消沉？
乙：就像每一个曾戴过镣铐的人，
　　他到处听到——镣铐的锒铛声响。

33. 孤独者

对于追随和指导，我都感到厌恶。
服从？不行！可是统治——那也不行！
不觉得自己可畏者，也不使他人畏惧。
只有使人畏惧者，才能够指导别人。
自己指导自己，也使我感到厌恶！
我喜爱的是：就像森林和海洋动物，
好大一会儿工夫，茫然迷失了路途，
在可爱的迷路中蹲坐着想个不停，
最后把我从远处引向回家之路，
把我自己依然引回到我自己本人。

34. 塞涅卡[1]及其一帮人

他们写呀写，写些令人讨厌
的有见识的瞎说瞎扯，
似乎应当首先搞写作，
然后研究哲学[2]。

35. 冰

是的！我有时制造冰：
冰对于消化帮助很大！
你们如有很多东西要消化，
哦，你们会怎样喜爱我的冰！

36. 青少年读物

我的智慧的全部 A 和 O[3]，
都在书里听到过：多么悦耳！

---

1 塞涅卡：古罗马哲学家。自认是斯多葛派（禁欲主义者）信徒。写过大批伦理哲学短论，宣扬宗教神秘主义和宿命论。

2 拉丁文中有一句谚语：*primum vivere*，*deinde philosophari*（首先是生活，然后研究哲学）。尼采在此将 vivere 戏改为 scribere。

3 “A 和 O” 即 das Alpha und das Omega（希腊文字母表的第一个和最后一个字母），意为首尾、始终、全体。

现在再也没有如此的感受，
如今我还能听得到的只有
我的青春的永远的感叹 Ah！和 Oh！[1]

37. 留心

现在那地方不大好去旅行，
你如有脑子[2]，就要加倍留心！
他们诱惑你，爱你，最后撕碎你：
他们是脑子发热者[3]——：却总是缺少脑子[4]！

38. 笃信者说

上帝爱我们，因为他将我们创造！——
“人创造了上帝！”——这是你们聪明人说的话。
人所创造的，难道人不该爱他？
因为是人创造他，难道就该完全否定他？

---

1 ah：啊，呀！oh：呀，啊，哦！都是表示惊讶、赞叹等的感叹词。

2 德文 Geist haben，意为有机智，有才气，有思想，我们口语中说：有脑子。

3 脑子发热者：原文为 Schwarmgeister，即狂热者、狂信者之意。

4 缺少脑子：原文为 fehlt es an Geist，意为缺乏才智，我们口语中说：缺少脑子。尼采在这里将 Geist 反复使用，做文字游戏。

这种话站不住脚[1]，它长着魔鬼的偶蹄脚[2]。

39. 在夏天

当我们脸上流着大汗，
我们是否可以进食？
根据明智的医生的意见，
出汗时最好什么都不吃。
天狼星[3]眨眼：哪里不舒适？
火暴的眨眼有什么要求？
当我们脸上冒出大汗时，
我们应当喝我们的酒！

40. 没有妒意

是，他眼中没有妒意：因此你们尊敬他？
他四面张望，并不要求你们尊敬他；

---

1 原文 hinkt，意为跛行，瘸着腿走，转义为不恰当，指某个论点站不住脚。

2 传说中的魔鬼，有一只脚像牛羊那样是偶蹄脚。

3 天狼星：sirius，德文名犬星 Hundsstern，它在太阳附近出现时，为 7 月 24 日至 8 月 23 日，是大伏天，一年中最热的日子，或称盛夏，德文中称 Hundstage。

他有向远方遥瞩的老鹰一般的眼睛，
他并不看望你们！——他只在观星，观星。

41. 赫拉克利特派[1]

世间的一切幸福，
朋友，是斗争所赐予！
是，为了成为朋友，
需要借硝烟之助！
朋友们有三点相一致：
在患难面前是兄弟，
在敌人面前是平等者，
在死亡面前是自由者！

42. 过分精明者的准则

情愿踮着脚尖走路，

---

1 赫拉克利特（约前544—约前483）：古希腊唯物主义哲学家。他在哲学上最大的贡献是最先提出对立面统一和斗争的学说。他认为由对立面的斗争产生出世界万物。他说过："一切都是斗争所产生的。""战斗是普遍的，正义就是斗争，一切都是通过斗争和必然性而产生的。""战争是万物之父。"尼采研究古典文献学，对他的斗争哲学深感兴趣而发生共鸣。他是唯一未受尼采攻击的哲学家。

不愿使用四肢爬行！
情愿通过一个钥匙孔，
不愿通过洞开的门！

43. 劝告

你立有获得名望的大志？
那就注意这教训：
要及时地自动放弃
荣誉心！

44. 寻根问底者

我是个探究者？哦，别说此话！——
我只是很重——重磅身体！
我掉下，一直不断地掉下，
终于掉落得到底！

45. 永远

“我今天来，因为今天来对我有好处”——
永远要来的人，都如此考虑。
世人却如何对他造言生事：
“你来得太早！你来得太迟！”

46. 疲倦者的判断

疲惫者都对太阳发出咒骂声；

对他们，树木的价值在于——树阴！

47. 没落

“现在他降下，他掉下”——你们有时嘲讽；

而事实乃是：他降临到你们之中！

他的过多的幸福变成他的麻烦，

他的过多的光跟踪你们的黑暗。

48. 违抗规律

从今天起，我的脖子上

用毛绳挂起报时计；

从今天起，星的运行、

太阳、鸡叫、影子都停止，

一向为我报时的一切，

都变成哑子、聋子、瞎子：——

除了规律和时计的滴答声，

一切大自然都毫无声息。

49. 哲人说

跟群众疏远，却对群众有用场，
我走我的路，时而是云，时而是太阳——
总是高踞在这些群众头顶上！

50. 失去了头

她现在有了脑子——她怎会找到脑子？
一个男人最近由于她丧失了理智。
在这场快乐以前，他的头库藏丰富：
他的头被魔鬼抢走了——不！不！被女人抢去！

51. 不能实现的愿望

“但愿所有的钥匙
顷刻间全都遗失，
在每个锁眼里面
能用上万能钥匙！”
谁都时时这样想，
如果他是万能钥匙。

52. 用脚写字

我不仅光用我的手写字：
我的脚总想当我的书记。
它走得勇敢、自由而坚强，
时而在野外，时而在纸上。

53.《人性的，太人性的》[1]一本书

只要你回头向后看，就忧戚胆怯，
你以你的自信心去信赖未来：
鸟儿啊，我把你看成是老鹰？
你是弥涅耳瓦的宠物猫头鹰[2]？

54. 给我的读者

一付好牙齿和好胃口——
是我对你的要求！

---

1 《人性的，太人性的》于1876年开始写，1878年出版。后来增补了1879年的《各种意见和箴言》和《漂泊者和他的影子》。

2 弥涅耳瓦为罗马神话中的智慧女神，相当于希腊神话中的雅典娜。猫头鹰是她的圣鸟。猫头鹰是智慧之鸟，又是使人厌恶之鸟，用它比喻该书的两面性。

我的书一旦被你消化，
你肯定会被我同化！[1]

55. 写实主义画家

“完全忠实于自然！”——他要怎样开始：
自然何时曾脱离出来进入画图里？
世界最小的断片也是毫无底止！——
最后他只有画他所喜爱的画题，
他喜爱的是什么？他所能画的东西！

56. 诗人的虚荣

只要给我黏胶：因为我自己
已经找到可以胶合的木条！
能在四行无意义的诗句里
赋予意义——不是小小的夸耀！

---

1 文字游戏：vertragen 意为忍耐，受得住，消化。sich ventragen 意为能跟他人合得来，相处得很好，臭味相投，同化。

57. 挑挑拣拣的趣味

如果我有选择的自由，
我乐愿挑选一个坐席
在天堂的正当中位置：
更乐愿在——天堂的门口！

58. 弯曲的鼻子

你的鼻子总是非常傲慢地
朝着地面，鼻孔大大地鼓起——
因此你常常，我的骄傲的矮子，
无角的犀牛，向前方跌倒在地！
而这两者又常常配在一起：
直挺挺的骄傲，弯曲的鼻子。

59. 钢笔尖发出嚓嚓声

钢笔尖发出嚓嚓声：真该死！
难道注定我必须要乱涂？——
我猛地去取墨水瓶子，
醮满浓浓的墨水疾书。
多么流畅，又饱满，又充足！

我所进行的，多么顺利！
虽然字迹还不够清楚——
何妨？谁读我写的东西？

60. 高人

向上高登者——该将他赞扬！
可是他时时由上而下降！
连赞扬也要摆脱掉的人，
他乃是天界的人！

61. 怀疑论者说

你的半生已过去，
时针在走，你的心灵在战栗！
它已长久地荡来荡去，
寻求而未获——它在此处犹疑？

你的半生已过去：
都是痛苦和迷误，时时刻刻在这里！
你还寻求什么？何故？—— ——
这正是我寻求的——寻求一个个道理！

62. 看，这个人[1]

是的！我知道我的本源！
我毫无饱足，就像火焰
在燃烧着而烧毁自己。
我把握住的，全变成光明，
我丢弃掉的，全变成灰烬：
我是火焰，确实无疑。

63. 星的道德

注定走向星的轨道上面，
星啊，黑暗跟你有什么相干？
快乐地穿越过这个时间[2]行驶！
愿它的悲惨跟你无关而远离！

1　原题为拉丁文 *Ecce homo*，《约翰福音》19，5：“耶稣出来，戴着荆棘冠冕，穿着紫袍。彼拉多对他们说：你们看这个人。”尼采有一本自传作品，也以此为书名。

2　星是尼采自己的比喻，“这个时间”是“这个时代”的比喻，同时又是“时间”本身。原文 diese Zeit 兼有“时间”和“时代”二意。

你的光辉属于极远的世界，

对于你，同情也应算是犯罪！

你只应守一条戒律：保持纯洁！

自由鸟公子之歌[1]

(1887)

1　自由鸟原文为 Vogelfrei，直译为“像鸟儿一样自由的”，但实际意义为古代对外宣布为“被放逐”“不受法律保护”（拉丁文 *exlex*）的罪犯所用的术语，亦即这种罪犯死后不得埋葬，听其暴尸于山野，让食肉鸟自由啄食其尸体。尼采冲破传统的思想和道德，故以此自喻，但在此取其双关意义，一方面自比为被放逐者，另一方面又自比为像鸟儿一样的自由的人士。这一组诗收入《快乐的科学》作为附录。

圣雅努阿里乌斯[1]

你用燃烧着火焰的枪
击破我的灵魂的冰块，
让它嗞嗞呼啸着奔往
它的最高希望的大海：
越发澄明健壮，自由地
遵照亲切的必然之理：——
因此它赞美你的奇迹，
最出色的雅努阿里乌斯！

1　圣雅努阿里乌斯是基督教的圣人，于公元305年在罗马皇帝戴克里先迫害基督徒时殉教。1497年被移葬于那不勒斯，成为该市的主保圣人。15世纪以来，那不勒斯年年举行纪念活动，届时他的凝固的血会重新流动（血的奇迹）。他的像配有火焰、剑（不是枪）和狮子。拉丁文1月也叫Januarius，但此名是从两面神雅努斯（Janus）而来的。尼采本诗于1882年1月作于热那亚，作为《快乐的科学》第四卷的题诗。

献给歌德

并不是无常者，
只是你的比喻！[1]
天主，这位诱导者，
乃是诗人的骗局……[2]

世界车轮，常在转，
掠过一个个目的地：
不满者称之为——苦难，
傻子称之为——游戏……

世界游戏，好精彩，

---

1 对歌德《浮士德》第二部结尾“神秘的合唱”中首两句“一切无常者，不过是比喻”的讽刺滑稽的模仿（Parody）。

2 参看《查拉图斯特拉如是说》第二部《诗人》篇：“因为一切神都是诗人的比喻，诗人的骗局。”

混合着实在和假象：——

永远傻里傻气者，

把我们掺进了——戏场！……[1]

1　戏改《浮士德》第二部结尾“神秘的合唱”最后两行：“永恒的女性，领我们飞升。”

诗人的天职

最近，我坐到阴暗的林阴，
为了求得精神爽快，
我听到轻轻的滴答声音，
很动听，合乎韵律和节拍。
我很气恼，拉长着脸，——
可是最后，我坚持不住，
直到我简直像诗人一般，
也跟着滴答滴答地共语。

当我这样吟我的诗稿，
一个个音节跳出我的口，
突然我不由哈哈大笑，
笑得长达一刻钟之久。
你是个诗人？你是个诗人？
你的头脑竟如此不好？
——“是的，先生，您是个诗人”，

啄木鸟耸耸肩膀说道。

我等谁，在这丛林里面？
像强盗一样埋伏在此处？
等箴言？等比喻？一待它出现，
我的诗就从后面扑上去。
只要它钻出来，跳过来，诗人
就立即戳住，扎进诗稿。
——“是的，先生，您是个诗人”，
啄木鸟耸耸肩膀说道。

我想，诗会像箭一样厉害？
如果这种箭一下刺中
蜥蜴身体的要害部位，[1]
它怎样挣扎、发抖、跳动！
可怜虫啊，你们会丧命，

1　尼采在《看，这个人》中谈到他的另一本著作《曙光》时，说过这样一段话：“在这本书里的得意的技术，就是那些悄无声息地轻轻掠过的事象，在我把它叫做神圣的蜥蜴的瞬间，我立即把这个瞬间戳住，这绝不是容易的技术，尽管不像希腊的年轻的神刺中可怜的蜥蜴那样残酷，但用尖锐的东西去刺，则是同样的，就是说，我是用鹅毛笔尖去戳住的。”这里所说的希腊的神，指阿波罗。

或像喝醉般晃晃摇摇！
——“是的，先生，您是个诗人”，
啄木鸟耸耸肩膀说道。

歪歪斜斜的箴言急就章，
酩酊的言词，拥挤不堪，
直到全诗，一行一行，
串在滴答的链条上面。
有那么一伙残酷的人，
为此——高兴？诗人们——很糟？
——“是的，先生，您是个诗人”，
啄木鸟耸耸肩膀说道。

鸟儿，你嘲笑？你要说笑话？
虽然我头脑已不正常，
我心情也许会更加恶化？
你要怕，怕我火冒三丈！——
可是诗人——哪怕在气愤，
还会率直地吟他的诗稿。
——“是的，先生，您是个诗人”，
啄木鸟耸耸肩膀说道。

在南国[1]

我就是这样晃晃摇摇，
靠在弯枝上解除疲倦。
邀我做客的是一只小鸟。
供我休息的是一只鸟巢。
我究竟在何处？啊，很远！啊，很远！

白色的大海进入睡乡，
一幅船帆映照得鲜红。
岩石、无花果、尖塔、海港，
四面是牧歌、咩咩的群羊——
南国的纯洁，请将我收容！

只是一步一步走——无生趣，

---

1 据尼采妹妹，本诗最初发表于施迈茨纳的杂志上。当时题为《自由鸟公子》。又，本诗作于西西里岛。

老是按规矩，是德式，很累。
我命令大风将我高举，
我跟鸟儿学过飞行术——
我越过大海向南国高飞。

理性！真是讨厌的事情！
太快地送我们到达目的地！
飞行中我记住受过的欺凌，
已感到勇气、精力和热情
面向新生活，玩新的游戏……

孤独地思考，我称为聪明，
孤独地歌唱——就有点愚蠢！
因此，请坐在我四周静听，
你们这些很坏的飞禽，
听我唱首歌来赞美你们！

年轻、狡猾、漂泊的你们，
好像完全是为了爱而出生，
为了愉快地消磨日子？

在北国——我在此踌躇地招认——
我爱个老得吓人的女人：
这个老太的名字叫“真理”……

虔诚的蓓帕[1]

只要我长相还漂亮，
就值得虔诚信仰。
人皆知上帝爱女郎，
而且要长得漂亮。
上帝一定会原谅
那个可怜的修士，
像有些修士一样，
他爱跟我在一起。

他不是白发的长老！
还年轻而面色红润，
尽管那苍老的公猫
常满怀嫉妒和苦闷。
我不喜爱老头子，

1　蓓帕：意大利语中女子的名字。本诗跟前诗同时发表于前诗注中所说的杂志，时间为 1882 年 5 月。当时的题名为《小魔女》。本诗亦作于西西里岛。

上帝不爱老女人：
他做出这样的处置，
多么奇特而英明！

教会很懂得做人，
它检验心灵和面孔。
它总是想对我容忍——
有谁不对我宽容！
人们用嘴巴低语，
跪拜而走出教堂，
他们用新罪抹去
以前所犯的罪状。

赞美尘世的上帝，
他爱漂亮的姑娘，
这种痛苦的心事，
他乐意自我原谅。
只要我长相还漂亮，
就值得信仰虔诚：
等变成龙钟的婆娘，
让魔鬼来向我求婚！

神秘的小船[1]

昨夜，当一切进入梦乡，
听不到微风发出隐隐
约约的叹息吹过街巷，
什么都无法使我安静，
枕头、罂粟，还有那往常
使人酣睡的——无愧的良心。

最后，我脑子再也不想
进入睡乡，我跑到海边。
月白风和，沙滩暖洋洋，
我碰到一个男子和小船，
都很困倦，像牧人和羊：——
小船困倦地离开了海岸。

1　本诗跟前诗同时发表，当时题名为《自然的秘密》。

一小时，两小时，或许一年？
——我的感觉，我的沉思，
就在此时，突然之间
陷入千篇一律的单一，
一个无边无际的深渊
张开大口：——顷刻俱往矣！

——天亮了：黑黑的深渊上面
停着一只船，安稳，安稳……
出什么事？叫喊，叫喊，
大家都叫喊：什么事？杀人？——
没有事！我们在睡眠，睡眠，
全都熟睡得——很深！很深！

爱的告白[1]

(在告白时诗人却落进深坑——)

哦,奇迹!它还在飞行?
它升向高空,它的翅膀却不动?
靠什么高举和支撑?
现在凭什么定向、推进和加控?

就像永恒的星星,
它现在高踞逃脱生活的高处,
对羡慕也会同情——
它是在高飞,尽管只见它飘浮。

哦,信天翁鸟儿!
永远的冲动驱使我向往高空。
我想起你:泪珠儿
就滚滚流下——我对你情有独钟!

1　本诗与前诗同时发表,当时题名《信天翁》。

忒奥克里托斯式牧羊人之歌[1]

我躺着，五内如焚，——
臭虫叮得苦。
那边，还有光、人声！
我听，在跳舞……

她约好在这时辰
溜到我身旁。
我像狗一样在等，
却毫无迹象。

她画过十字约好，

1　本诗也是跟前诗同时发表的，当时题名《牧羊人之歌（献给居住叙拉古的我的邻人忒奥克里托斯）》。同属于组诗《墨西拿牧歌》。忒奥克里托斯（约公元前 310—公元前 250），为古希腊诗人，生于西西里岛的叙拉古。他留下的 30 首田园诗，对后来的欧洲田园诗有很大的影响。尼采于 1882 年 3 月下旬，去西西里岛旅游，在该岛东北部的墨西拿写下《墨西拿牧歌》组诗。

她怎能撒谎？
——或许跟他人跑了，
像我的山羊？

谁送她那件绸裙子？——
我高傲的姑娘？
在树林旁边是不是
还有些公山羊？

——痴情的等待真是
又烦又气愤！
闷热之夜的园地里
长出了毒菌。

爱情苦苦折磨我，
就像七罪宗[1]——
我简直不想吃什么。

1 天主教教理认为骄傲、悭吝、迷色、嫉妒、忿怒、贪饕、懒惰为七大罪根，称七罪宗。

再会吧，洋葱！

月亮已落进海洋，
星星都倦了，
天色渐渐蒙蒙亮——
我真想死掉。

对这些捉摸不定的人

对这些捉摸不定的人
我是恨入骨髓。
他们尊敬我，使我难忍，
他们赞扬我，让我自憎和自愧。

由于我不被他们牵着
顺时势同流合污，
因此他们看我时，充满着
笑里藏刀、毫无希望的嫉妒。

让他们对我尽情诅咒，
对我嗤之以鼻！
这些眼睛的无奈的探求，
总会在我这里永远碰壁。

绝望的傻子

啊！我用傻子的手、傻子的心思
在桌子和墙壁上写下的东西，
不是要装饰一下桌子和墙壁？……

你们却说：“傻子的手乱涂，——
我们应当给桌子和墙壁去污，
直到最后的痕迹被完全清除！”

请允许我！我也来出力相助——，
作为一个批评家，一个运水夫，
我学过用海绵、扫帚进行大扫除。

可是，等到这项工作完成，
我要看你们这些极聪明的人，
玩弄聪明把桌子墙壁弄成……

诗歌良药[1]

或是：病诗人如何自慰

从你的嘴里，
你这流口水的魔女、时间，
慢慢地滴个一小时又一小时。
我的所有的厌恶徒然叫喊：
“诅咒，诅咒
永恒的咽喉!”[2]

世界——用青铜铸造：
是灼热的公牛[3]，——听不到喊叫。
痛苦用飞刀把这一些文字

---

1 诗题原文为拉丁文*Rimus remedium*。

2 永远滴下时间口水的咽喉，亦即称为时间的魔女。

3 古代西西里岛有一个僭主曾令人铸青铜公牛一只，把囚徒放进去，再将铜牛烧热，囚徒的惨叫声从牛鼻中传出，吹动放在牛鼻上的簫管，发出音乐之声，僭主即以此取乐。

刻进我身体：

　“世界没有心[1]，

你们去埋怨世界，真是愚蠢！”

　把所有的鸦片，

高热啊，把毒汁倒进我的头脑里！

我的手和头已由你长久考验。

你问什么？什么？“给多少——酬报？”

　——哈！诅咒婊子

和她的嘲笑！

　不！请回来！

外面很冷，我听到下雨的声响——

你应该受到更亲切的对待？

——拿吧！钱在这里：金币多锃亮！——

　该称你“幸福”？

高热啊，该为你祝福？——

1　世界、历史没有人类的心情，本是冷酷无情。

　门突然敞开！
雨点向我的床上飞溅过来！
风吹灭了灯火——祸不单行！
——现在谁要是没有成百行诗句，
　我打赌，打赌，
他就会丧命！

“我的幸福”

我又看到圣马可教堂[1]的白鸽：
广场静悄悄，上午躺在它上面。
在温和的凉气中，我把我的歌，
像鸽群一样，悠闲地送上蓝天——
　又唤回它们，
却留下一句还挂在翅膀上面，
——我的幸福！我的幸福！

静静的苍穹，闪着蓝光，像绸子，
飘拂着庇护这座华丽的圣堂，
我对它——怎么说？——喜爱，敬畏，妒忌……
我真想把它的灵魂吸个精光！
　我几时交还？——
别问吧，你这奇妙的悦目的景致！

1　威尼斯著名的大教堂。尼采于 1887 年 9 月下旬迁居至威尼斯，由彼得·加斯特安排住在圣马可广场附近。

——我的幸福！我的幸福！

庄严的钟楼[1]，以何等狮子[2]的冲动，
不知疲劳，威武地耸立在此处！
深远的钟声飘荡在广场的上空——；
说法语，你就是广场的 accent aigu[3]？
　我如像你一样留下来，
我知道，是出于何种柔情的束缚……
——我的幸福！我的幸福！

音乐啊，且慢！先要等暮色光降，
逐渐变成棕色的温和的黑夜！
奏曲还为时太早，金色的装潢
还没闪耀出蔷薇一样的华丽，
　还要等许多时刻，
才能够赋诗、溜达、孤独地私语
——我的幸福！我的幸福！

1　圣马可广场北侧的钟楼，高 98.6 米。
2　狮子是威尼斯的市徽。
3　强音符或扬音符。德语译为 scharfe Accent。

驶向新的大海

我要去那边；今后我靠着
我自己和我操桨的本领。
大海一片汪洋，我驾着
热那亚的船破碧波前进。

一切闪耀得越来越新颖，
中午安睡在时空之上——：
只有你的巨大的眼睛，
无限啊，阴森森对我凝望！

希尔斯·马利亚[1]

我坐在这里，等，等——却无所企望，
在善与恶的彼岸，时而欣赏光，
时而欣赏影，完全仅仅是消遣，
全是湖，全是中午，全是无目标的时间。
　这时，突然，女友啊！一变为二了——
　——查拉图斯特拉从我身旁走过了……

1　希尔斯·马利亚是瑞士东南部高山疗养地，高 1812 米。1881 年 7 月至 10 月，尼采在恩加丁峡谷中的这个小村休养，在该地获得永恒轮回的思想。

献给米斯特拉尔风[1]

舞蹈歌曲

米斯特拉尔风，你，云的猎户，
忧伤之扼杀者，天空的清道夫，
怒吼者，我对你是多么钟情！
我们这两个，岂不是双胞胎，
一对头生儿，永远被安排
一起去屈从同一个命运？

在这光滑的岩石路上面，
我跳着，走向你的跟前，
我在跳，你在呼啸和歌唱：
你没有桨，也没有船只，
做自由神的最自由的兄弟，

1　米斯特拉尔（mistral）是法国南方普罗旺斯的地中海沿岸地方吹刮的寒冷干燥的西北风或北风。在本诗中，尼采比之为将受到唯心主义和基督教污染的地上扫除干净的清道夫。

飞越过汹涌澎湃的海洋。

我刚醒来，听到你喊叫，
就向山岩的石级上奔跑，
跑到面海的黄色的岩壁旁。
好啊！你已从山上吹来，
充满扬扬得意的气概，
像珠光闪闪的奔流一样。

在平坦的天庭场地上，
我看到载着你的车辆，
看到你的骏马在奔驰，
看到你自己的手一晃，
对准你的骏马的背上
像闪电一般挥起鞭子。

我看到你跳出车外，
急急忙忙跳了下来，
看到你缩得像箭一样，
笔直地冲进深渊里面，

像穿过蔷薇色的云天
射出朝阳的金色光芒。

跳吧，在无数的山背上，
海波的背上，险恶的波上——
万岁，新舞蹈的创造者！
按各种旋律舞蹈高歌，
把我们的艺术叫——自由，
把我们的知识叫——愉快！

我们要从每一种花中
摘一朵象征我们的光荣，
再采两片叶子做花环！
像行吟诗人一般跳舞，
置身在那些圣徒和妓女、
在上帝和那些世人之间！

不能够随风起舞的人，
必须用绑带裹住的人，
被缚住的人，残废的老者，

像伪君子一样的人，
满嘴道德者，求荣的蠢人，
都从我们的乐园里走开！

我们把路上的灰尘扬起，
刮进一切病人的鼻孔里，
赶走那些病弱的一群！
我们要给沿海的各地
扫清肺病患者的呼气，
擦亮失去勇气的眼睛！

我们要追逐遮暗天空者，
抹黑世界者，扩散乌云者，
我们让天国光明普照！
一切自由精神的精神，
呼啸吧！我的幸福像暴风，
跟你一起成双地**呼啸**——

——为了使这种幸福的纪念
永远长存，请遵其遗愿，

把这个花环一起带上去，
把它投掷得更高更远，
攀到登天的梯子上面，
把它挂在星辰的高处！

狄俄尼索斯酒神颂歌[1]

这些是查拉图斯特拉的歌，

他对他自己唱这些歌，

让他忍受他的最后的孤独。

1 尼采在《悲剧的诞生》一书中曾提出艺术原理（或艺术冲动）上两种不同类型的对立概念，即狄俄尼索斯型（Dionysisch）和阿波罗型（Apollinisch）。前者的艺术是陶醉的、激情的。后者的艺术是梦想的、静观的。音乐、舞蹈的本质属于前者，造型美术的本质属于后者。在文学上，抒情诗属于前者，叙事诗属于后者。

原题 Dionysos-Dithyramben 的酒神颂歌，原意为歌颂酒神之歌。古代希腊人崇拜酒神，在酒神节时，参加酒神游行队伍的都是女人，她们头戴常春藤冠，身披兽皮，手执酒神杖，吵吵闹闹，疯疯癫癫，载歌载舞，极尽狂欢之能事，故 Dithyramben 的另一个意思，即为热狂的诗歌。尼采在这一组诗歌中，并不是直接歌颂酒神，而是查拉图斯特拉歌颂自己的孤独之歌，充满着陶醉与激情之歌，它们是尼采诗歌中的绝唱，这里的狄俄尼索斯就是尼采自己，他在 1889 年发狂时写信给知友，就署名狄俄尼索斯。

只是小丑！只是诗人！[1]

在澄清的大气中，
当露珠之安慰
已经降到大地上，
看不见，也听不出
——因为安慰者露珠像一切
温柔的安慰者一样穿着软鞋——
那时，你想起，你想起，热烈的心啊，
从前你曾怎样渴望，
焦灼而疲倦地渴望
天上的眼泪和露珠，
那时，在黄色的草径上，
怀着恶意的夕阳的眼光
透过乌黑的树林射到你的周围，

1 《查拉图斯特拉如是说》第四部《忧郁之歌》篇中由老魔术师所唱之歌。实际本诗乃是尼采的自我批判、自我嘲笑的自画像。

那幸灾乐祸、刺目的太阳的灼热眼光。

“你是真理的求婚者[1]？”太阳的眼光这样嘲笑[2]——
不，只是一个诗人！
一匹狡猾、掠夺、悄悄潜行的野兽，
它不得不说谎，
不得不故意、存心说谎，
渴望猎获物，
戴着杂色的假面，
对自己也戴着假面，
把自己也当做猎获物
这——岂是真理的求婚者？……
只是小丑！只是诗人！
只是说着花言巧语，
借小丑的假面说出些花言巧语，
在诳骗的语言悬桥上踅来踅去，

1　德文中真理为阴性名词，故比为女性。而追求真理者也就成了真理的求婚者。

2　世人无法到达的最高的认识在嘲笑我：不管你怎样追求真理，你的爱总得不到回报。

在虚幻的天空之间的
谎话彩虹上面
悠悠荡荡——
只是小丑！只是诗人！

这——岂是真理的求婚者？……
并没有静默、僵硬、光滑、冷淡、
成为一尊像，
成为神的柱像，
也没有被放在神殿之前
做神的门卫：
不！倒是对这种道德立像怀着敌意，
在任何荒野里比在神殿里更加自在[1]，
充满猫儿的任性，
从任何窗户里跳出去，
一眨眼！抓住一切偶然机会，
嗅嗅任何原始森林[2]，

---

1 真正追求真理，就该像保护神殿（真理的殿堂）的立像一样，不如此，那只是思想的冒险而已。
2 人迹未至的思想领域。

让你在那些原始森林里，
在毛色斑斓的猛兽之中，
像罪犯般顽健，花里胡哨地奔跑，
舐着贪婪的上唇，
乐极得嘲笑，乐极得像魔鬼，乐极得杀气腾腾，
掠夺着、潜行着、撒谎着奔跑……

或者像老鹰那样久久地、
久久地盯着深渊，
它的深渊……
——哦，这些深渊是怎样向下、
向低处、向内里。
盘旋到越来越深的深处！——
然后，
突然间，
一直线地，
扇动着翅膀，
向羔羊们扑去，
饿急得猛然扑下，
渴望吃那些羔羊，

痛恨一切羔羊灵魂[1]，
极端痛恨所有那些露出
规矩的绵羊眼光者，有鬈毛者，
愚蠢者，带有羔羊奶似的好意者……

就这样，
诗人的憧憬，
藏在无数假面下的你的憧憬，
是像老鹰一样，像豹子一样，
你这小丑！你这诗人[2]……

你像观看人那样
也把神看做羊——
像撕碎人类中的羊一样
撕碎人类中的神，
一面撕，一面笑[3]——

1　真理的把握者是带有征服性的，痛恨一切奴性。

2　你虽然憧憬充满这种野性的生命力的真理，实际上，却无它的魄力。

3　你憧憬这种真理，在人类和神中发现奴隶性，加以克服，自认为达到快乐的至福，但这依然不过是你诗人的自我满足而已。

这，这就是你的至福，
豹子和老鹰的至福，
诗人和小丑的至福！……

在澄清的大气中，
当月亮镰刀已经
苍白而嫉妒地
在紫红色的空中潜行，
——月亮敌视白昼，
一步一步偷偷地
向蔷薇吊床上[1]
割去，直到它们坠落，
苍白地向夜色中坠落下去：

我以前也曾如此坠落过，
从我的真理妄想[2]中，

1　蔷薇指天空中红色霞光，象征夕阳之美，生命之乐。像镰刀似的月亮把霞光割去，使天空变暗而坠落。

2　失去要获得真理的希望。

从我的白日憧憬[1]中，

倦于白昼，伤于光，

——向下、向暮色、向阴影坠落，

由于一个真理

使我被灼伤而渴望

——你还记得，你记得，热烈的心啊，

那时你是怎样渴望？——

让我被一切

真理放逐[2]！

只是小丑！只是诗人！

---

1 充满自信的、积极的探求精神。

2 既然真理不可获得，那就情愿放弃对一切真理的探求。

在沙漠的女儿们中间[1]

1

“不要走开！”自称为查拉图斯特拉的影子的漂泊者说道，“请留在我们这里，否则，以前的那种郁闷的忧伤又会再来侵袭我们。

那位老魔术师已经使尽鬼蜮伎俩招待我们，瞧吧，那边的善良而虔诚的教皇眼中含着泪水，又已经乘船驶往忧郁的海上去了。

这里的两位王者也许还会在我们面前装出和颜悦色：因为他们对这种玩意儿，比今天在座的我们任何人学得更好！可是，如果没有人看见，我打赌，他们又会开始搞他们的恶作剧——

——行云的、阴湿忧郁的、乌云密布之天空的、被盗之太阳群的、呼啸之秋风的恶作剧！

---

1 《查拉图斯特拉如是说》第四部中的一篇。查拉图斯特拉的追随者影子对沙漠中充满热带气息的风物感兴趣，不得不抛弃作为欧洲人的道德的拘泥。

——我们的呼号和大喊救命的恶作剧：查拉图斯特拉啊，留在我们这里吧！这里有想要说出的许多隐藏的痛苦，有许多黄昏，许多云，许多阴湿的空气！

你曾飨我们以强壮的男性食品和有力的箴言：请不要容许软弱的女性精神作为正餐后的甜食再来侵袭我们！

只有你使你周围的空气变得强健而澄明！我在大地上几曾见到过像你的洞窟中那样良好的空气？

我见过许多地方，我的鼻子善于检验、鉴定各种空气：可是在你身旁，我的鼻孔体会到最大的快感！

除非——除非——哦，请允许我作一次往昔的回忆吧！请允许我唱一首往昔的正餐后甜食之歌吧，这是我以前在沙漠的女儿们中间所做的：——

——因为在她们身边有着同样良好、爽朗的东方的空气；在那里，我跟多云的、阴湿的、忧郁的古老欧洲离得最远！

那时，我喜爱上这样的东方少女和异地的蔚蓝的天国，那上面没有任何浮云和任何思想悬挂着。

你们不会相信，当她们不跳舞时，是怎样乖乖地坐在那里，深邃，但没有思考，像小小的秘密，像系着缎带的闷葫芦，像正餐后的甜食核桃。

真是五花八门和异样！可是没有云雾：让人猜不透的谜：那时为了取悦这些少女，我编了一首正餐后甜食的赞歌。”

这位漂泊者和影子如是说：还没等到有人回话，他就已经拿起老魔术师的竖琴，交叉着双腿，沉着而精明地环顾四周：——却用鼻孔慢慢地、疑惑地吸入空气，就像一个来到新的国土上闻闻新的异国空气的人。随后他用一种号叫似的声音唱了起来。

2

沙漠在扩大：心藏沙漠者可悲了……[1]

哈！
庄严啊！
隆重的开始[2]！
非洲式的庄严！
敌得过一头狮子

1　沙漠的强烈的原始生命在生长、扩展，使内心中藏有这种原始生命者感到苦闷。

2　指前一句“沙漠在扩展……”。

或是一只侈谈道德的吼猴[1]……
——可是，这跟你们无关，
你们这些最可爱的女友们，
我这个欧洲人，承蒙允许
在椰子树下坐在
你们的脚边。细拉。[2]

真奇怪！
我如今坐在这里，
靠近沙漠，却已经
跟沙漠距离很远，
也一点没有沙漠的荒凉之感：
因为，我被这片
小小的绿洲吞进去了
——它正打着呵欠
张开它可爱的嘴，

1 以非洲沙漠为题，调子可说跟狮子相称，但细察之，只跟爱谈道德的吼猴（欧洲人自己）相称而已。

2 细拉：《旧约·诗篇》中附于一小节后的希伯来语的音乐记号，大约是咏唱时指明“休止”的用语。

一切小嘴中最香的嘴：
我掉了进去，
掉下去，穿过那里——掉到你们中间，
你们这些最可爱的女友！细拉。

祝福，祝福那条鲸鱼[1]，
如果它这样让它的客人
平安无事！——你们可理解
我的博学的隐喻？……
祝福鲸鱼的肚子，
如果它也是
如此可爱的绿洲肚子，
像这片绿洲一样：可是我感到怀疑。
因为我从欧洲来[2]，
欧洲比任何一个老婆更多疑。
但愿上帝把欧洲改好吧！

---

1 《旧约·约拿书》1，15以下：“他们遂将约拿抬起，抛在海中……耶和华安排一条大鱼吞了约拿，他在鱼腹中三日三夜……耶和华吩咐鱼，鱼就把约拿吐在旱地上。”

2 欧洲充满怀疑和嫉妒。所以我逃出欧洲，来到这里的东方。

阿门。

如今我坐在这里，
在这片小小的绿洲里，
像一颗枣椰子，
棕色，甜滋滋，渗透着金汁，
渴望少女的圆嘴[1]，
可是更渴望那些纯洁、
冰凉、雪白、锐利的
门牙：因为，一切热烈的
枣椰子的心渴望这些牙齿。细拉。

我躺在这里，
跟上述的南国的果实
相似，非常相似，有小小的
飞虫
在我四周飞舞嬉戏，
还有更小、

1　渴望少女们吃它。

更愚蠢、更邪恶的
愿望和念头要弄我——
我被你们包围着，
你们这些无言的、心思不定的
猫咪姑娘
杜杜和苏莱卡[1]
——斯芬克斯围墙[2]，我在这个用语中
装进许多感情
（——上帝啊，请原谅我
这种滥造新词之罪！……）
——我坐在这里，嗅嗅最好的空气，
真像乐园的空气，
澄明、轻盈的空气，夹着金色条纹，
这样好的空气只有

---

1 信口说出两个东方女性的名字，但跟她们并无直接关系。杜杜即狄多，为维吉尔《埃涅阿斯之歌》中迦太基的女王，苏莱卡为歌德《东西诗集》中的波斯女子。

2 尼采在这里造了一个新字 umsphinxt（被斯芬克斯包围），故请上帝原谅。斯芬克斯为希腊神话中狮身人面的怪物，常出谜语让过路行人猜，猜不出者即被她杀害。此处意指围在我身边的少女们像斯芬克斯一般充满生命之谜。

从月亮上才会吹下来，
这是出于偶然
还是正如古代诗人所说的、
是由于高兴得忘乎所以而起。[1]
我这个怀疑家却感到怀疑，
因为我来自
欧洲，
欧洲比任何一个老婆更多疑。
但愿上帝把欧洲改好吧！
阿门。

吸着这种最好的空气，
鼻子涨大得像杯子，
不想未来，不作回忆，
我就这样坐在此处，你们
最可爱的女友们，
我望着椰子树，

1　最好的空气由于人的高兴（übermut）而来，此语出自哪位古典诗人，无可考。

看她，像一个舞蹈女郎，
低头弯腰、扭着屁股
——看久了，不由人也跟着她摇摆……
在我看来，她岂不是像一个舞蹈女郎，
已经太长久、过于长久、
老是用一条腿站立[1]？
——在我看来，她岂非因此
忘了另一条腿？
至少我无法找到
那只不见了的
孪生的宝贝
——就是那另一条腿——
在她那最可爱、最优美、
扇形的、飘飘的、金光闪闪的裙子的
神圣的附近。
确实，你们这些美丽的女友，
如果肯完全相信我说的话，

1　我内心中藏着的沙漠的印象已不再洋溢着纯粹的喜悦，它受到欧洲的过多的意识污染。作为沙漠的欢乐的象征的椰子树变成一条腿的残废了。

椰子树已失去那条腿了……
唉！唉！唉！唉！唉！……
那另一条腿，
已经失去了，
永远失去了！
哦，可怜那可爱的另一条腿！
它会逗留在哪里、孤零零地哀伤，
这条孤独的腿？
也许正在战战兢兢地面对一只
狂怒的、黄色的、金毛
狮子[1]猛兽？或者已经被
咬掉、啃掉——
可怜！可悲！可悲！被啃掉了！细拉。

哦，不要哭，
温柔的心！
不要哭，你们

---

1 金毛狮猛兽指北欧的冥想批判精神。本来南国无污的生命之喜悦的东西被它破坏了。

枣椰子的心！渗奶的胸房！
你们装着甜草心脏的
小皮囊！
做个男子汉，苏莱卡！勇敢些！勇敢些！[1]

不要再哭了，
苍白的杜杜！
——或者也许在这里
合该有些[2]
兴奋剂、强心剂？
一句涂过香油的箴言？
一句庄严的激励？……

哈！
出现吧，威严！
拉吧，再拉吧，

1　南国纤弱的生命听到有毁灭自己的严酷的东西感到害怕。

2　唱这首歌的影子，它不能像查拉图斯特拉那样完全肯定南国的生命，它是还受到重压之灵操纵的北欧精神。尼采在此发挥欧洲精神向耽于自然生活者发出道德的怒吼。

道德之风箱！
哈！
再一次吼叫吧，
发出道德的吼叫吧，
做道德的狮子对沙漠的女儿们吼叫吧！
——因为，道德的咆哮，
你们这些最可爱的少女啊，
它胜过一切
欧洲人的热情，欧洲人的渴望！
如今我已经站在这里，
作为欧洲人，
我非如此不可，上帝，帮助我吧！
阿门！[1]

*

沙漠在扩展：心藏沙漠者可悲了！
石头擦石头，沙漠狼吞虎咽，哽住了。
巨大的死露着褐色的眼光像火烧，

---

1 马丁·路德在沃尔姆斯会议上，拒绝公开悔罪，说过这样的话："我站在这里，我非如此不可，上帝，帮助我吧！阿门。"此处借用路德的刚强不屈的话语。

他啃咬着——他的一生就是啃咬……

被快乐烧毁的人啊，不要忘记，
你——就是石头、沙漠，就是死……

遗　愿

我愿这样死去，
像我以前见他死去时那个样子——
那位朋友，他曾把闪电似的眼光
像神一样投向我黑暗的青春时代：
——奔放而深沉，
战斗中的舞蹈者——，

在战士中最快活的人，
在胜利者中最慎重的人，
在自己的命运之上树立一个命运.
严厉，反思过去，预想未来——：

为自己取得胜利而战栗，
为自己献身胜利而欢呼——：

他临死还发出命令，

——他命令，大家去消灭……

我愿这样死去，
像我以前见他死去时那个样子：
取胜，消灭……

在猛禽之间

要从这里下去的人，
深谷
会多快地将他吞没！
——可是你，查拉图斯特拉，
你还喜爱深渊，
要跟枞树并驾齐驱？——

枞树扎根的深谷，
连岩石往下一看，
也要浑身发抖——，
枞树在各个深渊旁犹豫不决，
那儿，四周的一切
都摇摇欲坠：
在杂乱的碎石和奔腾的溪流
急躁不安的当口儿，
它有耐心地忍耐着，顽强，沉默，

孤独……

孤独！
谁还敢
来这里做客，
做你的客人？……
一只猛禽也许会来，
它会幸灾乐祸地
停靠在那棵顽强的
坚忍大树的毛发似的枝头，
发出疯狂的大笑，
一只猛禽的大笑……

为何如此顽强？
——猛禽残酷地嘲笑：
喜爱深渊者，必须有翅膀……
像你这样悬空吊着是不行的。
你这个像被吊在绞架上者！——

哦，查拉图斯特拉，

最残酷的宁录！[1]
不久以前你还是上帝的猎户，
一切道德的罗网，
射穿邪恶之箭！——
如今——
你成了自己猎捕的对象，
变成你自己的猎获物，
你的箭射穿了自己的身体……

如今——
茕茕孑立，
形影相吊，
在无数镜子之间，
在自己面前映出的全是假象，
在无数回忆之间
茫然莫辨，
厌倦于一切创伤，

---

1 《创世记》10，8："宁录，他为世上英雄之首。他在耶和华面前是个英勇的猎户。所以俗语说，像宁录在耶和华面前是个英勇的猎户。"传说他是巴比伦王国的建立者，也被认为战争与狩猎之神。

受冻于一切严霜，
被自己的绳索套住，
你这个**自知**者！
自己绞死自己者！

你为何用你的
智慧的绳索捆住你自己？
你为何把自己
诱骗到古蛇的乐园里去？
你为何偷偷地钻进
自我之中——**自我**之中？……

如今你是个病人，
中了蛇毒的病人；
如今你是个囚犯，
抽到最倒霉的签：
在自己挖的坑里
弯着身子干活，
凿开你自己，
挖你自己，

笨拙，
僵硬，
一具尸体——，
背负着无数重担，
挑着你自己这副超重担，
一个明白人！
一个认识自己者！
贤明的查拉图斯特拉！……

你寻找最重的负担：
于是你发现了你自己——，
你甩不掉你自己……

守候着，
蹲着，
已经不能再直立起来的人！
而且你还跟你的坟墓连成一体，
连体的精神！……

不久以前你还那样高傲，

那样趾高气扬，不可一世！
不久以前你还是个不信神的隐士，
跟魔鬼偕隐的老搭档，
一切傲慢的红袍王子！……

如今——
在两个虚无之间
弯起身体，
一个问号，
一个猜够了的谜——
猛禽难解之谜……
——它们一定要“解开”[1]你，
它们已经急切渴望“解开”你，
它们已经绕着你这个为它们难解之谜飞起来，
绕着你这个被吊在绞架上的人！……
哦，查拉图斯特拉！
认识自己者！……
绞死自己者！……

1　原文 lösen，在这里含有“解开你这个谜”和“解放你”二义。

火的信号

这儿，在海水之间长出小岛，
陡然高耸起一座献祭的岩石，
这儿，在黑暗的天空之下，
查拉图斯特拉点起了山火，——
为漂泊的船夫提供的火光信号，
为那些备有答案者提出的问号……

具有灰白色腹部的这炷火焰
——向寒冷的远处吐出贪欲的火舌，
向越发纯净的高空扬起脖子——
是一条急躁得笔直竖起的蛇：
是我独自设立的这个信号。

这炷火就是我的灵魂本身：
它的静静的烈焰向上烧，向上烧，
永不知足地探求新的远方。

查拉图斯特拉为何逃避兽与人?
他为何突然逃出一切坚实的陆地?
他已经认识到六重孤独——,
但大海本身对他还不够孤独,
岛让他攀登,他在山顶化为火,
现在,为了寻求第七重孤独,
他把钓钩甩过头顶投下去。

漂流的船夫们!古老的星辰碎片!
未来的大海!难穷其极的苍天!
我现在向一切孤独投出钓钩:
给急不可耐的火作出答复吧,
给我、这个高山顶上的渔夫
捕捉我的第七重、最后的孤独吧—— ——

太阳沉落了

1

你不会再干渴得长久了，
　　烧焦了的心！
承诺在大气中漂荡，
从不相识的众人口中向我吹来，
　　——大大的凉爽来了……

中午的太阳炎炎地当头照射：
我欢迎你们，你们来了，
　　突然吹来的风，
你们，午后的凉爽的神风！

大气流动得异样而清新。
黑夜不是露出
　　诱惑者的眼光
乜斜着眼看我吗？……

保持坚强，我的勇敢的心！
不要问：为什么？——

2

我活着的一天！
太阳沉落了。
平坦的波面
　　已染上金色。
岩石呼出热气：
　　也许是幸运女神
在午时躺在它上面午睡？——
　　在碧波的闪光中
暗褐色深渊还在戏托出幸运的影子。

我活着的一天！
近黄昏了！
你的眼睛已失去
　　一半光辉，
已涌出像露珠
　　一样的眼泪，

白茫茫海上已悄悄流过
你的爱的紫气光华，
你的最后的迟滞的永福。

3

金色的喜悦啊，来吧！
　　你是死亡的
最隐秘、最甘美的预尝美味！
——我走路难道走得太快？
现在，我的脚疲倦了，
　　你的眼光才赶上我，
　　你的幸运才赶上我。

四周围只有波浪和戏弄。
　　以往的苦难，
沉入蓝色的遗忘之中——
我的小船现在悠然自得。
风暴和航海——小船怎么都忘了！
　　愿望和希望淹没了，
　　海和心平静地躺着。

七重的孤独！

　　我从未感到

甘美的平安比现在更靠近我，

阳光比现在更温暖。

——我的山顶上的冰不是还发红光吗？

　　银光闪闪，轻盈，像一条鱼，

　　现在我的小船在水上漂去……

阿里阿德涅的悲叹[1]

谁给我温暖，谁还爱我？
　　把暖热的手伸过来！
　　把暖心的炭火钵给我！
我躺倒下来，战栗着，
像一个被人暖其双脚的半死者，
唉，被无名的高烧烧得发抖，
被冰霜似的利箭刺得我打哆嗦，
　　被你追赶，思想啊！
无可称名者！蒙面者！恐怖者！

1　阿里阿德涅是希腊神话中克瑞忒岛弥诺斯王之女，她曾帮助忒修斯杀死牛头怪物，逃出迷宫，同往狄亚岛，忒修斯抛弃了她。狄俄尼索斯回到该岛，看到她在岩洞中睡着，被她的美貌迷住，就娶她为妻，并将她带到德里俄斯山，在那里他突然不见了。本诗叙述她受到狄俄尼索斯的残酷折磨，但不愿陷于绝对的孤独，情愿恋人更加折磨她。在《查拉图斯特拉如是说》第四部《魔术师》篇中，本诗作为魔术师之歌，作为孤独者对孤独的痛苦歌咏之诗，而不用本诗标题。在尼采发狂时，他曾写信给瓦格纳夫人科济玛："阿里阿德涅，我爱你，狄俄尼索斯。"说明了他对科济玛的钟情。

　　你，藏在云后的猎手！
被你的电光击倒，
在黑暗中凝望我的、你这嘲笑的眼睛！
　　我这样躺着，
弯着身体，蜷缩着，饱受
一切永远的痛苦的折磨，
　　被你
击中，最残忍的猎手，
你，未识之——神……

刺得更深些！
再刺一次！
刺碎、刺碎这颗心！
用这钝头箭
进行折磨，是什么意思？
你为何又在看望，
看不厌世人的痛苦，
用这种幸灾乐祸的如电的神目？
你不想杀人，
只是折磨、折磨？

为何——折磨我，
你这幸灾乐祸的未识之神？
哈哈！
在如此的深夜
你偷偷地走过来？……
你要干什么？
说吧！
你逼住我，压迫我，
哈！已经太靠近了！
你听我呼吸，
你窃听我的心跳，
你这个嫉妒者！
——可是，你嫉妒什么？
去吧！去吧！
这梯子要它干什么？
你想进来，
爬进我心里，
爬进我的
最秘密的思想里？
无耻之徒！不相识者！盗贼！

你想偷到什么？

你想窃听到什么？

你想靠折磨捞到什么？

你这折磨者，

你——刽子手—煞神！

难道要我，像狗一样，

在你面前打滚？

服服帖帖，以忘我的热情

向你——摇尾乞怜？

白费心！

继续刺吧！

最残酷的刺！

我不是狗——我只是被你追猎的野兽，

最残酷的猎人啊！

我是你的最高傲的俘虏，

你这躲在云背后的强盗……

你总得说呀！

你这借闪电藏形者！不相识者！说呀！

你这拦路抢劫者，你要我——拿出什么？……

怎么？
赎金？
你要多少赎金？
多要些吧——我的豪爽奉劝你！
简单说吧——我的另一种豪爽奉劝你！
哈哈！
我——你要我？我？
我——整个的我？……

哈哈？
你折磨我，你是个傻瓜，
你要把我的豪爽折磨得干干净净？
给我爱吧——谁还给我温暖？
　　谁还爱我？
把暖热的手伸向我，
把暖心的炭火钵给我，
给我这个最孤独的人，
给我冰，啊！七重的冰
教我甚至对敌人、
对敌人也要思念，

最残酷的敌人啊，
把你——给我
甚至交托给我！……
溜走了！
他自己也逃跑了，
我的唯一的伙伴，
我的大大的敌人，
我的不相识者，
我的刽子手—煞神！……

不！
回来吧！
带回你的一切折磨！
我所有的眼泪
形成泪河向你流去，
我最后的心中之火
为你燃烧起来。
哦，回来吧，
我的未认之神！我的痛苦！
　　我的最后的幸福！

电光闪烁。狄俄尼索斯在绿宝石似的美中出现。

狄俄尼索斯：

放聪明些，阿里阿德涅！……

你耳朵小，跟我的耳朵一样：

把一句聪明的话放进去！——

如果人们应当相爱，不是首先必须相恨？……

我是你的迷宫……

名声和永恒

1

你在你的晦气上面
　　已坐了多久？
注意！你还得为我孵化
　　一只蛋，
　　一只毒眼蛇[1]蛋，
从你长久的悲叹之中。

为什么查拉图斯特拉沿着山旁潜行？——

疑神疑鬼，像生烂疮，阴郁，
守候了很久的人——，
可是突然，变成闪电，
烁亮，可怕，一声惊雷

1　毒眼蛇：传说中的蛇怪，被它瞟上一眼，能致人于死命。

从深渊中打向天空：
——山本身的内脏
也在抖动……

在憎恨和电光
合成一体，就化成诅咒——，
此时，在群山上栖息着查拉图斯特拉的愤怒，
它化成雷云悄悄地移动。
拥有最后一条被子的人，钻进去吧！
爬上床去吧，你们这些娇气的人！
如今，雷在天上隆隆作响，
如今，梁柱和墙壁在震摇，
如今，电光和硫磺色的真理在闪烁——
　　查拉图斯特拉在诅咒……

2

世人全都用它来付账的
这种货币、
名声——，
我戴上手套抓住这种货币，

我感到恶心地把它踩在脚下。

谁要接受这样的付款？
可收买的人……
待价者，
会伸出胖手，
攫取这种平凡的发出金属叮当响的名声！

——你想要买它们？
它们全是商品。
可是要出大价钱！
把满满的钱袋摇得叮当响！
——否则你会使它们神气十足，
否则你会增强它们的品德……

他们全是具有品德之士，
名声和品德——两相合拍。
只要世界长存，
世人就会用名声的聒噪
支付品德的聒噪——

世人就靠这种嘈杂过日子……

对一切有德之士，
我愿当个负罪者，
被称为犯有一切大罪的人！
面对所有的名声大喇叭，
我的雄心变成蝼蚁——，
在这种蝼蚁中间，我想
做个最卑贱者……

世人全都用它来付账的
这种货币、
名声——
我戴上手套抓住这种货币，
我感到恶心地把它踩在脚下。

3

安静！——
对于伟大的事物——我看到伟大的事物！——
人们应当沉默

还是谈论伟大：
谈论伟大吧，我的可喜的智慧！
我向上仰望——
那儿翻腾着光的海洋：
夜啊，沉默啊，死寂的喧哗啊！……
我看到一个征兆——，
从遥远的远处
一个星座闪烁着慢慢向我坠落……

4

存在的最高星辰！
永恒的造型的圆盘！
你向我靠拢？——
无人见到过的、
你的无言的美——
怎么？它不避开我的视线？——

必然性的纹章！
永恒的造型的圆盘！
——可是，你肯定知道：

为万人所憎、

而独为我所喜爱的乃是：

——你是永恒的！

你是必然的！——

我的爱只有

靠必然才永远燃烧。

必然性的纹章！

存在的最高的星辰！

——任何愿望无法达成者，

——任何否定无法污渎者，

存在的永远肯定啊，

我永远是你的肯定者：

因为我喜爱你，哦，永恒！——

最富裕者的贫穷

十年过去了——，
没有一滴雨落到我这里，
没有湿的风，没有爱的露
——一片不降雨的土地……
如今我请求我的智慧，
在这种干旱中不要变得吝啬：
自己漫出来吧，自己滴下露水吧，
自己成为这片枯黄的荒野上的雨吧！

从前我曾吩咐云
离开我的群山，——
我曾说“你们乌云啊，多露出些光吧！”
今天我却招引它们，请它们过来：
用你们的乳房使我的周围黑暗起来吧！
——我要挤你们的奶，
你们，高山的母牛！

我要把温暖如奶的智慧、爱的甘露
降遍这片土地。

去吧，去吧，你们
露出阴郁的眼光的真理！
我不想在我的群山上
看到严厉焦躁的真理。
今天，真理闪着微笑的金光
走近我身旁，
被阳光照得媚人，被爱燃烧成褐色——
我只从树上摘取成熟的真理。

今天我向偶然的鬈发
伸出我的手，
充分贤明地，把偶然
当孩子一样带领它，哄它。
今天我要殷勤接待
不受欢迎的来客，
即使对命运本身也不想竖起我的刺，
——查拉图斯特拉不是刺猬。

我的灵魂，
贪婪地伸出舌头，
已经舔过一切善与恶的事物，
钻进过一切的深底。
可是总是像软木塞一样，
总是再浮上来，
像油一样漂在褐色的海面上，
由于这个灵魂，我被称为幸福的人。

谁是我的父母？
难道我的父亲是富裕王子？
我的母亲是静静的微笑？
难道他们俩结婚
生下了我这个谜的野兽、
我这个光之怪物、
我这个一切智慧的挥霍者，查拉图斯特拉？

今天，不胜温情的伤痛，
像暖风一样，
查拉图斯特拉坐在他的山上等候、等候，——

浸在自己的体液里，
变得甘甜，熟透，
在他的山顶下，
在他的冰下，
倦怠而幸福，
像创世到了第七天的造物主[1]。

——安静！
一个真理在我的上空
像云一样飘动，——
它用看不见的电光击中我。
真理的幸福踏着
宽敞舒适的台阶向我走上来：
来吧，来吧，可爱的真理！

——安静！
这是我的真理！——

1　《创世记》2，1："天地万物都造齐了。到第七日，上帝……歇了他一切的工，安息了。"

从迟疑不决的眼睛里，
从天鹅绒似的战栗之中，
它的眼光碰上我的眼光，
可爱、淘气，像小姑娘的眼光……
它推测我的幸福的深底，
它推测我——哈！它动什么脑筋？——
深红色的龙
在它那小姑娘眼光的深处窥伺着。

——安静！我的真理在发言！——
你真可悲，查拉图斯特拉！
你的样子就像一个
吞下金子的人：
你的肚子还要被剖开来！……
你太富裕，
你是使许多人受损害的人！
你使太多的人产生嫉妒心，
你使太多的人陷于贫乏……
连我也被你的光投下阴影——，
我冷得发抖：走开，你这个富人，

走开，查拉图斯特拉，从你的阳光中走开！……

你想要赠送，送掉你的过剩的财富，
可是你自己就是富得过剩者！
放聪明些，你这个富人！
先要把你自己赠送掉，哦，查拉图斯特拉！

十年过去了——
没有一滴雨落到你身上？
没有湿的风？没有爱的露？
可是谁应当还来爱你，
你这个富得过剩者？
你的幸福使四周干枯，
使爱变得贫乏
——一片不降雨的土地……

不再有人感谢你，
可是你却感谢
一切取之于你的人：
由此我认清你，

你这个富得过剩者，

你这个一切富人中最贫穷的人！

你把自己献作牺牲，你的富裕使你痛苦——，

你交出你自己，

你不珍重自己，你不爱你自己，

莫大的痛苦时时刻刻压迫你，

过分充盈的谷仓的痛苦，过分充实的心的痛苦——

可是不再有人感谢你……

你不得不变得更贫穷，

聪明的愚人！

如果你要被人爱。

人们只爱受苦的人，

人们只把爱给予饥饿者：

首先把你自己赠送掉，哦，查拉图斯特拉！

——我是你的真理……

狄俄尼索斯酒神颂歌外篇

1

不要因我睡觉而生我的气：

我只是疲倦，我并没有死。

我的声音不中听；

可是那不过是打鼾和喘气，

一个疲倦者的歌唱：

并不是对死亡的欢迎词，

并不是坟墓的诱惑。

2

雷云还在轰隆轰隆：

可是查拉图斯特拉的富丽

已经闪亮地、静静地、沉重地

挂在原野的上空。

3

我住在高处，

我并不向往高处。

我并没有抬起眼睛；

我是向下看的人，

一个定要祝福的人：
一切祝福者都向下看……

4
对于如此的雄心壮志，
这个地球是不是太小？

5
我放弃了一切，
放弃我的一切财产：
留下来的再没有什么，
除了你，伟大的希望！

6
发生了什么事？是大海下沉？
不是，是我的陆地上涨！
一种新的烈火把它举起！

7
我的来世的幸福！

我今天的幸福，
在它的光中投下阴影。

8

这明朗的深处！
通常所谓的星，
在这里变成污斑。

9

你们这些拘谨的贤士，
对于我，一切都成为游戏。

10

怒吼吧，风，怒吼吧！
把一切舒适感从我这里吹去！

11

我以此开始：
我忘掉对我自己的同情！

12

星星的碎片：

我用这些碎片建立了一个世界。

13

你并没有推翻偶像：

你推翻了内心中的偶像崇拜者，

这就是你的勇气。

14

它们站在那里，

沉重的花岗石的猫，

太古以来的价值：

糟糕，你怎么会想要推翻它们?

……

抓人的猫，

脚爪被捆绑，

它们坐在那里，

露着恶毒的眼光。

15

看到这种石头一样的美，
我的火热的心都凉了。

16

还没有镀上金光灿烂的
微笑的真理，
稚嫩、生硬、性急的真理
围坐在我的四周。
……
为了让我们迈开双脚追求的真理！
可以让人跳跳蹦蹦地走向她的真理！

17

我的智慧变成一道闪电，
它用金刚石似的利剑给我劈开任何黑暗！

18

这最高的障碍，
思想中的思想，

是何人为自己创造？
是生命自己为自己创造
它的最高的障碍：
现在，生命跳越过自己的思想。
……
我借这个思想
把一切未来拉到跟前。

19

一个思想，
现在还是火热的流动的熔岩：
可是，每一块熔岩
都在自己的周围筑起城堡，
每个思想到最后
都由“规律”把自己闷死。

20

现在，这就是我的意愿：
自从我的意愿定下以后，
万事也都如愿以偿——

这是我的最终的机智：
我想要的，是我绝对必要的：
就此我完成了任何“绝对必要”……
从此对我不再有任何“绝对必要”……

21

猜吧，猜谜的朋友，
我的德行现在何处？
它从我这里逃跑了，
它害怕我的
钓竿和网的诡计。

22

连一只狼也为我作证
说道：“你咆哮得比我们狼还出色。”

23

欺骗——
这是战争中的一切。
狐狸的皮：
它是我的秘密的锁子铠甲。

24

有危险的地方，

我在那里是内行，

我在那里是土生土长。

25

为了找新的财宝，我们挖，

我们这些新的地下工作者：

从前，古人觉得这是不信上帝，

觅宝搅乱了大地的五脏六腑；

这种不信上帝的行为又重新出现；

你没听到地底下到处传来腹痛的咕噜咕噜声响？

26

人面狮[1]

你坐在这里，毫不容情，

就像强迫我向你走近的

1　人面狮（希腊语中，斯芬克斯意为女扼杀者）是狮身、女首的有翼怪物。她坐在忒拜城附近的悬岩上，向过路人出谜语，如果猜不出，就被她害死。

我的好奇心：

好吧，人面狮，

我是一个好提问的人，像你一样；

这个深渊为我们所共有——

但愿有可能，我们用一张嘴说话！

27

我是这样一个人，人们都凭我的名字发誓：

就来对我发誓吧！

28

要寻找爱——就必须永远去找出它的假面，

该诅咒的假面而把它打得粉碎！

29

我爱你们？

就像骑马者爱他的马：

马载着他奔赴他的目的地。

30

他的同情是严酷的，
他的友爱的握手会把手捏碎：
不要向巨人伸出你的手！

31

你们害怕我？
你们害怕拉满的弓？
唉，但愿有人能把他的箭搭在这根弓弦上！

32

“你给你的四周罩上新的夜幕，
你的狮子脚造出新的荒漠。”

33

我不过是个多言的人：
言词有什么重要！
我有什么重要！

34

唉，我的朋友们：

世人所谓的“善”到哪里去了！

一切“善人”都到哪里去了！

所有这些谎言的天真到哪里去了，哪里去了！

……

我把一切都称为善，

树叶和草，幸福，祝福和雨。

35

我对世人最感到难以忍受的，

不是他们的罪孽和大愚，

而是他们的完美。

36

“人性是恶的”，

一切最明智的人也都这样说过——

使我获得安慰。

37

只有当我成为我自己的负担时，

我才觉得你们的重压！

38

很快我就会

一笑了之：

敌人在我这里

很少能获得补偿。

39

对人和偶然，（我是）和蔼可亲，

跟任何人都和蔼可亲，还有跟青草：

冬天山坡上照着太阳的地方……

满沾温情的、

给雪覆冰封的心灵送来的春风：

……

对于小小的利益

满不在乎：在我看到

小商贩的贼手时，

我就立即想

吃点亏算了——
我的不好对付的兴趣要我如此。

40

一个陌生的男子对我哈口气呵责道：
我是因此变得模糊不清的一面镜子吗？

41

矮小的人们，
亲切，坦率，
可是门很低：
只有低矮者走得进去。
……
我是怎样走出城门的？——
我忘记了在矮人中间生活过！

42

我的智慧比得上太阳：
我愿做智慧的光，
可是我使它太刺眼了：
我的智慧的阳光刺坏了

这些蝙蝠[1]的
眼睛……

43

“你比先知者洞察到更加漆黑和更加邪恶的事物：
通过地狱的快乐走去的智者尚未见其人。”

44

退回去！你们在我脚后跟得太近了！
退回去，别让我的真理踩扁你们的头！

45

“谁走你的路，就走向地狱！”——
好吧！我要给通往
我的地狱的道路铺上良好的箴言。[2]

---

1 蝙蝠视力极钝。比喻畏光的人，眼光如豆者，对周围事物毫无所知者（英语：blind as a bat）。

2 德文中有这样的成语：“良好的决心铺设了通向地狱之路”（光有决心而不弃邪归正，只能导致灭亡）；此语来自葡萄牙成语“地狱之路是用善意铺成的”。法国人也这样说，意为徒有好愿望，没有行动，也要下地狱，另外还说“地狱之路是由妇女的舌头铺成的”。

46

你们的上帝，你们对我说，
是一位爱的上帝？
这么说，良心的谴责
乃是上帝的谴责，
一种出于爱的谴责？

47

他的上帝的猿[1]——
你愿仅仅做你的上帝的猿？

48

他们啃小石子，
在这些圆滚滚的小东西面前，
他们卑躬屈膝；
他们叩拜一切未倒下者——
这些最后一批的神父，
（现实）的信徒[2]！

1　英语中也有这样的说法：a God's ape，意为天生的愚人。
2　痛骂拘泥于细小事实的实证主义者。

49

没有妇女，营养不良，

注视着自己的肚脐，

——这种肮脏的景象，

臭味难闻！

他们就这样为自己虚构上帝的快乐。

50

他们从无有中创造出他们的上帝！

有什么奇怪：如今他们的上帝归于乌有了。

51

你们这些高贵的人，已经有过

比我们的今天和昨天更胜一筹的

思考的时代，搜索枯肠思考过的时代。

52

这个时代像一个患病的女人——

让她去叫喊、狂怒、咒骂

而且推倒桌子打碎盆子吧！……

53

你们这些绝望者！你们给
观看你们的人鼓起多大的勇气！

54

你们在攀登？
你们这些高人一等者，
你们真是在攀登？
对不起，你们是否
不像皮球一样
被推向高处
——为了你们的最低下者？……
你们不在你们面前**逃跑**，你们这些登高者？……

55

哎呀，在你只有放弃时，
你认为对此
必须加以蔑视！

56

所有的男子都说这样的迭句：
不要！不要！三次不要！
不管天国的铃声叮当叮当响！
我们不愿进天国——
地上的国土应归属我们！

57

意志具有拯救作用。
谁无事可做，
无事就会使他苦恼。

58

你再也忍受不了
你的专横的命运？
爱你的命运吧，你别无选择的余地！

59

只有这样能解脱一切痛苦——
（——现在请选择！）：

怏怏的死

或是久久的爱。

60

既然确信人皆有死，

为什么不愿怏怏活活呢？

61

这个最不愉快的不同意见，

我没有告诉你们——生活变得使人厌倦了：

抛开它吧，让它再使你们感到兴趣！

62

孤独的日子，

你们要踏着勇敢的脚步行走！

63

孤独

不是栽培的：它自己成熟……

为了成熟，你还需有太阳做女友。

64

你必须再到拥挤的人群中去：

在拥挤中会变得滑溜坚硬。

孤独使人软弱，

孤独使人腐朽……

65

当极大的恐怖

向孤独者袭来，

当他跑了又跑、

不知该跑往哪里，

当狂风在他身后吼叫，

当闪电对他作不利的见证，

当他的洞中鬼影幢幢，

使他担心害怕……

66

雷云——你们担什么心？

对于我们，雷云乃是自由的、大气的、快活的精灵！

67

把你的痛苦抛到海底去吧!

世人啊,忘掉吧!世人啊,忘掉吧!

遗忘的本领是高超的!

如果你要飞,

如果你要居住在高空:

就把你的最大的痛苦抛到海里去吧!

海就在这里,把你自己抛到海里去吧!

遗忘的本领是高超的!

68

你是如此好奇?

你能否转向那一角看看?

为了看看另一角,

脑袋后面必须也有眼睛!

69

向外看!不要回头看!

如果总是刨根问底,

那就会彻底完蛋[1]。

70

你要留神
别去警告鲁莽的人!
为了这句警告,
他越会奔赴任何深渊。

71

他为何从他的高处跳下?
是什么诱惑了他?
对一切低贱者的同情诱惑了他:
如今他躺在那里,粉骨碎身,无用了,冰冷了——

72

他到哪里去了?谁知道?
可是,肯定的是,他消失了。

---

1 文字游戏:zu den Gründen geht 意为刨根问底,zu grunde geht 意为毁灭、失败。

在荒凉的太空里陨落了一颗星：
太空变得荒凉了……

73

人所没有，
而又必需的，
应当把它弄到手；
因此我给自己弄到个良心。

74

能给你公道的人，会有吗？
那就为你自己去讨个公道吧！

75

你们这些波涛！
奇怪的波涛！你们对我发脾气？
你们怒气冲冲地哗啦哗啦涌上来？
我用我的桨敲打
你们的愚蠢的头。
这只船——

是你们自己还在载着它驶往不朽！

76

处在你们四周的，
很快就跟你们处惯：
习惯由此形成。
你在哪里久住，
哪里就产生风俗。[1]

77

当你们再也发不出新声时，
你们就用陈词
造一条法则：
在生命**僵化**之处，法则就堆积如山。

78

这样的事是无可反驳的：

---

1 文字游戏：wohnt 即住，处于；wohnt sich ein 即住惯，处惯；Gewöhnung 即习惯；sitzest 即坐，居住；Sitten 即风俗。

如此说来，它一定是真的？
哦，你们这些天真的人！

79

你很坚强？
坚强得像驴子？坚强得像上帝？
你很骄傲？
万分骄傲得对你的自满自负
竟然恬不知耻？

80

你要留神，
不要做你的命运的
吹鼓手！
避开一切名声的
自吹自擂的道路！
……
韬光养晦的人，
不会过早地成名。

81

你要向荆棘伸手？

你的手指会遭殃。

不如去拿起匕首！

82

你是不是脆弱？

当心孩子的手！

孩子不弄坏什么，

日子就过不下去……

83

爱护吧，哪有这样嫩的皮肤！

你为何想从

这个东西上面刮茸毛？

84

你的那些大思想，

从你的心脏里出来，

你的一切小思想，

——从你的头脑里出来——

它们不是都没有被好好地想过？

85

愿你是一块黄金制的板——

那么，各种行事就会

以金字记入你的身上。

86

他刚正地站在那里，

在他左脚的趾头里，

也充满了比我整个头脑

装得还多的正义感：

一个道德—怪物，

披着白色外衣。

87

他已故态复萌，

他已很累，

他已在寻找他走过的路——

不久前他还喜爱前人未走过的一切道路！

……

暗暗地发烧，

并不是为了他的信念，

也许他没有信念

再获得勇气。

88

对于放浪的人牢狱也是

多么安全稳当！

被监禁的犯罪者的灵魂

睡得多么香甜！

只有有良心的认真负责者

才会感到良心不安！

89

他坐牢坐得太久了，

这个逃犯！

他害怕一个牢头子

怕得太久了！

现在他担惊受怕地走他的路：
一切都使他趺趺撞撞，
一根手杖的影子就使他趺趺撞撞。

90

你们的吸烟室和烟雾腾腾的房间，
你们的牢笼和狭隘的心，
你们怎能想有自由的精神！

91

有什么办法！他的心胸
很狭窄而他的精神
完全被监禁在、嵌紧在
这个狭窄的笼子里。

92

狭隘的心，
生意人的劣根性！
金钱一跳进了钱箱，
心也总要跟着跳了进去！

93

财富的囚犯们，

他们的思想像锁链般发出冷酷的银铛声响，

——他们为自己发明了最神圣的无聊

以及对月曜日和随后的工作日的渴望。

94

在阴云蔽空之时，

有人把箭和置人于死地的意图

向他的敌人发射出去，

因为他们在诽谤幸福的人。

……

我的幸福使他们悲叹：

我的幸福给这些好嫉妒的投下阴影；

他们浑身发抖，而且脸色发青——

95

唉！他们爱着，却不被人爱，

他们折磨自己，

因为没有人肯拥抱他们。

……

他们忘记吃肉，

忘记跟女人玩耍，

——他们过度地悲伤。

96

你们肯为你们喜爱的人

受苦，

你们是女人?

97

牛奶流进了

他们的心里；可是哎呀!

他们的精神像乳清一样浑。

98

他们的冷漠

使我的记忆冻僵了?

我可曾感到过

我的心贴着我发烧而跳动?

99

他们真冷漠，这些学者们！
但愿雷电击中他们的食物
而他们的嘴可曾学会吞火？

100

他们的道理是悖理，
他们的风趣是疯癫和疯狂。[1]

101

对于过去事物的、
你们的虚伪的爱，
一种掘墓人的爱——
它乃是对生命的掠夺：
你们由未来中将它窃取。
……
古旧事物的学者：

1 文字游戏：Sinn 有道理、意见、意向之意；Widersinn 有悖理、无意义之意；Witz 有风趣、机智之意；Aberwitz 有疯狂、荒唐之意。

一种掘墓人的手艺，
在棺木和锯屑之间的生活！

102

哦，这些诗人们！
他们中间有些种马，
仿佛童贞的样子嘶鸣。

103

只有能有意识地、
存心说谎的诗人，
他才能说真话。

104

我们追求真理的狩猎——
它可是追求幸福的狩猎？[1]

---

1 追求幸福：Jagd nach dem Glück，在德语中亦有侥幸心之意。

105

真理——

是一位女性，不过如此：

在她的羞怯之中藏有奸诈：

对于她最喜爱的，

她假装不知道，

她用手指捂住脸……

她对谁屈服？只有对暴力！——

因此要使用暴力，

你们最聪明的人，要严厉！

你们必须强迫她，

这含羞的真理……

为了她的幸福，

需要强迫——

——她是一位女性，不过如此。

106

我们曾经互相怨恨？……

我们有过太大的距离。[1]
可是如今，在这最小的斗室里，
被一个命运拴在一起，
我们干吗还要互相抱着敌意？
如果人们无法逃脱，
就必须彼此相爱。

107

“要爱仇敌，[2]
让你被强盗抢劫”：
妇女听到此言就——照办。

108

美对什么人适合？
对男子汉不适合：
美把男子汉掩盖住了——

---

1 此处指尼采跟瓦格纳的关系。

2 《路加福音》6，27：“你们的仇敌要爱他……有人夺你的外衣，连里衣也由他拿去……有人夺你的东西去，不用再要回来。”

可是，一个被掩盖住的男子汉是没什么用处的。
自由自在地走出来吧——

109

最美的肉体——不过是披纱，
其中羞怯地——包藏着更美的东西。

110

垂着天鹅绒帘子的
高贵的眼睛：
难得闪亮——
它只对它推心置腹者表示敬意。

111

迟钝的眼睛，
难得显示爱意：
可是，它如果爱起来，就像
一条守护爱情之宝的龙
从金坑里射出闪亮的眼光……

112

（倔强的男人——）

跟自己结下了

恶姻缘，吵吵闹闹，

自己做了自己的泼妇。

113

他已变得非常暴躁，

他威武地

伸开胳膊肘儿；

他的声音滞涩，

他的眼睛发出铜绿色的光。

114

天空烈焰腾腾，

大海对你

龇牙咧嘴——大海

向我们啐唾沫！

115

每位统帅都如此说：

“不管是战胜者或是战败者，

都不让他休息！”

……

一个武装的旅人，

焦躁不安，

不知是否有人能将他留下。

116

“烟也有某些用处”，

贝督因人[1]如此说，我也附和：

烟啊，你不是

向走在途中的人报知

附近就有殷勤好客的人家？

……

一个疲倦的游子——

一只狗发出不客气的

1 阿拉伯半岛和北非的游牧和半游牧的阿拉伯人。

狂吠之声迎接他。

117

我对之毫无同情心的是蟹：
你抓住它们，它们就钳住你，
你放了它们，它们就向后倒退。

118

一条波光闪烁的跳跳蹦蹦的小溪，
弯弯曲曲的岩床
把它逮住了：
怎样使它重获自由？
在乌黑的石头之间，
闪烁着，颤动着它的焦躁。

119

伟大的人物和河川惯走曲折的道路，
曲折，可是却通向他们的目的地：
这是他们的最大的勇气，
他们对曲折的道路毫无畏惧。

120

在北国、冰和今天的彼岸，

死亡的彼岸，

离得远些的地方：

有我们的生活，我们的幸福！

“无论是陆路，

或者是水路，

你都不能找到

通往北国长春地居民[1]的道路”：

一个贤士[2]曾针对我们说过这番预言。

121

你想抓住他们？

像对迷途的羔羊一样

对他们说：

“你们的路，哦，你们的路，

你们把它遗失了！”

---

1 原文 Hyperboreer。斯堪的纳维亚神话中说他们住在玻瑞阿斯（北风之神的住处）的北边，过着快乐的生活，那儿一年四季全是春天。

2 指古希腊诗人品达。

碰到有如此奉承他们的人，
他们就紧紧跟着。
“怎么？我们有过一条路？”——
他们悄悄地自言自语：
“似乎是真的，我们有一条路！”

122

夜晚来了：月亮的胖胖的面庞
在人家的屋顶上面荡来荡去。
他，一切公猫中的最好嫉妒者，
他满怀嫉妒地注视一切情侣，
这个苍白的肥胖的“月中男子”。
他满怀嫉妒地沿着黑暗角落潜行，
呆呆地靠近一半关着的窗子窥望，
仿佛一个色迷迷的胖胖的修士，
大胆地夜行在禁止通行的路上。[1]

1　参看《查拉图斯特拉如是说》第二部《无玷的认识》一文。在该文中有这样的句子：“他好色而且好嫉妒，这个月亮修士”，“我不喜欢他，这个屋顶上的雄猫！一切绕着半掩的窗户悄悄行走的家伙，都令我讨厌！”

最孤独者

现在，当白天
对白天感到厌烦，一切憧憬的溪河
重新淙淙地给人安慰，
天空也全都高悬着金色的蛛网，
对每个疲倦者说："现在休息吧！"——
你为何不休息，你这玄秘的心，
是什么逼迫你逃走得双脚受伤……
你期待什么？

勤奋与天才

我羡慕勤奋者的勤奋：
他的日子金光灿烂地不变地流过来，
金光灿烂地不变地流回去，
沉入黑暗的海洋——
在他的卧榻周围盛开着
放松四肢的遗忘之花。

蜂蜜供品[1]

给我拿来蜂蜜，冰一样新鲜的蜂房之蜜！
我要把蜂蜜供奉给一切赠予者、
赏赐者、亲切友好者——：精神振作起来吧！

1　蜂蜜原来是琐罗亚斯德教教徒在庆祝收获节时所用的供物，在希罗多德的《历史》中有记载。尼采在《查拉图斯特拉如是说》第四部首篇《蜂蜜供品》中说：查拉图斯特拉认为他的下山时机已经成熟，他现在像一切趋于成熟的果实一样（趋于成熟的果实之中有蜜），他的血管里有蜜，使他的血变得稠起来，使他的灵魂变得镇静。他要到山顶上去奉献蜂蜜供品，投下他的钩着幸福鱼饵的钓钩，要钓上人类之鱼。

铁石般的沉默

耳朵竖起五次——听不到任何声音！
世人变得万马齐喑了……

我竖起我的好奇心之耳倾听：
我把钓鱼钩从头顶上投出去五次，
五次拉上来，一条鱼也没钓到。[1]
我探问，——网里没有任何回音……

我竖起我的爱之耳朵倾听——

1　查拉图斯特拉以自己的魂之成熟的幸福为鱼饵，投下他的钓鱼钩，要钓人类这样的鱼。参看《查拉图斯特拉如是说》第四部《蜂蜜供品》。

译后记

尼采的诗歌，在解放前没有出过专集评介。在解放后的前三十年中，由于尼采被定为反动哲学家，他的一切著作都遭到封杀。直到上世纪 80 年代，随着改革开放逐渐深入，禁网大开，尼采热重又出现，尼采的著作才在书市上一本一本地出现。那时，尼采的诗歌汉译出过两本：一本是我译的《尼采诗选》，初版于 1986 年 8 月由漓江出版社出版。另一本是周国平译的《尼采诗集》，于 1986 年 12 月由中国文联出版公司出版。周先生于 1987 年 5 月来上海时曾光临寒舍，把他的这本大译赠我一册，一晃已经过了十五年。

我译的那本《尼采诗选》，1986 年出版以后，曾多次重印，1992 年 5 月第 6 次印刷，累计印到 194 500 册，也算是畅销书了。好几年前，北岳文艺出版社韩铁马先生约我将该书进行增补重出，因为手头无书，我就托旅居蒂宾根的顾正祥博士、教授给我买一本。后来，顾教授弄到一本雷克朗出版社文库本《尼采诗》，在回国探亲时交给我。现在这本诗选就是根据该书翻译的。有些诗，该书没有收进，就从另外的尼采选集中抄来。据了解，慕尼黑穆萨里翁出版社出的尼采全集中有一册诗集，收得较全，但因无处可借，只好俟诸异日了。

最后，要说明的是：原诗中标点符号，如破折号的使用，句号放在引号以外等等，跟我们的使用规则有所不同。为了保持原貌，大多按照原诗的格式安排，尚祈读者理解和鉴宥。

2002年中秋节译者识于上海